蛰伏

饶雪漫

SHARON WORKS

作品

山東文藝出版社

果麦文化 出品

我在春天醒来，
忘记沉睡时的样子。

目录　　Contents

自序

没离开过

2012 年，是我事业很不顺利的一年。公司出了一点状况，仿佛一夜之间，很多人都离开了我。这其中，不乏之前我最信任以及最依赖的朋友。

幸运的是，人到中年，一切都能想得透彻。大不了从头再来，总不能任性，就这么丢下一个烂摊子不管，亏欠更多的人。

在这样的情况下，夏令营迫在眉睫，我的第一反应当然是放弃。做出这个决定的那个下午，就看见栾栾在我办公室外面转来转去，我招手让她进来。她站了半天，有些迟疑地开口道 :“雪漫姐，要不今年咱们还是把夏令营做起来吧，好多孩子等一年了。我多承担一些，再累我也不怕。”

我几乎没犹豫地点了点头。栾栾立刻笑得像一朵花，但转瞬，我就看到了她藏在眼底的泪花。

我懂，这姑娘从第四届夏令营的营员成长为我的得力助手，她对夏令营的感情，可能比任何一个工作人员都要来得复杂和深刻。我不想让她失望，正如我一次次地对他们讲：“只要有勇气坚持，这世上任何事都没什么了不起。”

就这样，在筹备时间很短，无任何赞助，工作人员也大多数是新手的情况下，2012 年的夏令营如期开营了。

但毫无疑问的是，这是我有史以来最成功的一次夏令营。看着闭营仪式上一张张哭花了却还努力微笑的年轻的面孔，我再次相信自己做的事，是有意义的。

夏令营结束没多久，公司已经恢复正常运转并且呈现出蒸蒸日上的好兆头。图书销量不断攀升，也有更多的新同事加入进来与我携手并肩，共同向前。

我愿意相信，这是上天给不愿服输的人最好的奖励。

这本《蛰伏》，是我夏令营女生故事系列的第六本书，书里收录了七个女生的故事。由于之前的《左半边翅膀》《斗鱼》等都取得了很不错的销售成绩，所以很多人都喜欢问我同样的问题：“书中的故事是不是都是真的？”

很抱歉，我的答案是：“不是。”

“那你是不是在骗我们？”

答案当然也是：“不是。”

就像这本书，到底要写哪几个孩子，我和编辑来回沟通，做了多次的筛选和讨论。这些女生的特点到底在哪里，要通过她们的故事传达什么样的观点，故事中哪些地方需要适度隐藏，哪些地方又需要放大了去讲，这些都成为我们讨论的要点。毕竟我写的是小说，但又有部分情节是真实的，如何在真实的基础上保证故事的可看性和引导性，对我而言是一件重要的事。

所以，你拿到这本书时，完全不必对号入座。了解的人就会知道，说不定这其中的某一篇里，就放进去了好几个姑娘的真实细节呢。

因为公司的工作占据了我太多写稿的时间，再加上中途我又出版了《那些女生该懂的事》，所以这本书的出版周期推后了半年之久。这期间，我当然知道营员们都在盼望，她们会忐忑地在QQ群里互相询问："都有谁的故事啊？有没有写到与我有关的？"

但令我感激的是，她们从来都没有催过我的稿。

很多故事的细节由于时间太久都被我忘掉了。没办法，我只好再次打电话跟她们确认和咨询。这期间每个姑娘的态度都令我特别感动，如同2012年夏天坐在我办公室里和我初识的她们，是那样毫无保留地急切地向我敞开胸怀。甚至在我说"好吧，这一点我们可以不提"的时候，她们还有人反驳我："不，一定要讲给你听。而且你一定一定要通过你的书告诉大家，千万不要像我这样又二又傻又天真。"

谢谢她们懂我，这确实也是我写这个系列的真正目的。不为探询别人的隐私，更不想以她们看似奇特的经历吸引读者的眼球。我只是想让大家懂得，没关系，我们都是这样长大的。

很巧，写这篇序的时候，忽然接到一个陌生号码来电，姑娘开口就说："雪漫姐，我恋爱了。"

"有什么稀奇？"我故意逗她。

对方沉默了一小会儿说："你一定忘了我是谁吧，我是青儿，你第二届夏令营的营员。还记得我跟你说，我以后再也不会恋爱了，我要一辈子独身。你说不会的，还让我谈恋爱后一定要记得给你打个电话。"

"是吗？"我还真是不记得了。

"过去那些所谓伤痛，原来真的说没就没了。"青儿有些激动地说，"雪漫姐，谢谢你没换电话号码，让我可以和你分享我现在的幸福。"

我问她："夏令营的时候你多大？"

她说："十五岁。"

"现在呢？"

"二十二岁。雪漫姐，七年过去了。"青儿说，"好像很久，但又好像只是一瞬间。"

我忽然就想起了她那年的模样，个子很高，长头发染得黄黄的，说话的声音总是懒洋洋的，仿佛对什么都提不起兴趣。她有过一次近乎毁灭性的初恋，和邻居的已婚男士在一起，辍学、私奔，差一点逼死自己的亲生母亲。

我完全不记得当年跟她之间的对话，但我很高兴她记得对我的承诺。

因为兑现承诺，是长大的标志之一。

挂了电话，我收到她传来的近照。齐耳短发，干净清爽，嘴角的笑容坚定而又骄傲，已经完全不是记忆中的她。我喜欢这种脱胎换骨，尽管我早就知道，一定会有这么一天。

昨晚，我不经意打开自己的贴吧，看到有营员给我送歌——林志炫的那首《没离开过》。歌里唱 ：“我寻找大海的尽头，却忽略蜿蜒的河流，当我逆水行舟，你在我左右，推着我走。”

好吧，我懂。

我想我会一直都在。

同时感谢出现在 2012 年夏令营为营员们加油打气的我的好朋友 ：吴昕，沈凌，黄英，吴倩，周游，戚蓝尹，吴媛媛等。

当然最感谢的还是我的读者，希望你们翻开这本书，在字里行间能读到我一如既往的真诚。谢谢这些年你们交付的心事，我会将它们好好保存，如同保存你的，我的，我们共同的青春。

随时随地，只要你们想起我，我就会在你们身边，像一个老朋友，没离开过。

无所谓，怎么样都可以。

[无处告别的刺猬]

苏南车

女生档案

姓名：苏南车
城市：乌鲁木齐
年龄：19 岁
星座：处女座
关键词：爱，逃避
个性签名：无所谓，怎么样都可以。

自白

女生故事

某年某月某一天，某个月色清凉的晚上，我发现我失去了人类应有的某种功能——怀念。这意味着，我的身体里少了些什么。从此，我将带着残缺的自己上路。对我来说，这或许是一件天大的好事。

如果非要提起我曾经为“怀念”而伤神的往事，那和一条狗有关。那是一条很普通的西施犬，我在大街上捡到它的时候，它看上去又脏又饿，冷得发抖，瑟瑟地缩在我怀里，两只眼睛可怜巴巴地看着我。从那样的眼神中，我人生第一次感觉到自己的强大。于是我决定收留它。

我给它起了个名字，叫“小不点”。我承认这是个俗不可耐的名字，甚至不如干脆叫它“小白”或者“汪汪”。但这就是我的天性，死心塌地地做一个俗人，相信如果此生注定不能灿烂，庸俗地活着也算是一种姿态。

夏日的下午三点半，阳光灿烂，看小不点在小区的草坪上奔跑的时候，我想到了一系列纠结的问题。狗会比人先死，那么，当我失去小不点的那一天，我会不会难过？

会不会哭得很难看？

我该把它埋在哪里才好？

要不要做一个类似于墓碑那样的东西，写上：爱狗小不点永垂不朽。

我去看望它的时候，应该是带菊花还是百合？

当它离开我，我还有没有可能再去爱另一条小狗？

我脑子一片混乱，小不点一直在跑，它在我面前绕着圈，撒着欢，不知疲倦。它偶尔停下来看我一眼，好像是在问："在想什么呢，我的主人？"算了算了，就凭它那点可怜的智商，它当然猜不到我在想些什么。生命啊，命运啊，作为一条狗，它可以将其完全忽略，遗憾的是我却不能。我盯着它看，忽然发现它长得很丑。反正在狗里面，它绝对算不上是漂亮的那种。但或许，这就是我喜欢它的真正的原因。

那个下午，不管我都想了些什么，反正事实证明，我还真是想得太多了。因为没过两天，我奶奶就对我说："把狗送人吧，你爸不喜欢。"

我没有反抗，原因是我懒得反抗。我抱着小不点走了三条街，走到了我一个小学老师的家门口，他今年六十多岁，退休了。他没有教过我，是教隔壁班的。但是他记得我，虽然常常想不起我的名字。我觉得他看上去还算慈祥，应该不会虐待小不点。最重要的是，有一次我遛狗的时候与他偶遇，他问我："苏同学，你从哪里弄来这样一只狗，给我也弄一只去！"

"路上捡的。"我说。

"好吧。"他羡慕地说，"哪天你要是想扔了，通知我来捡。"

我把狗交给他的时候，他很惊讶。

"你不要了吗？"

"不要了。"我说，"我要好好学习，没时间养狗。它很乖，吃得也不多，如果喂大块的东西，最好先弄碎了再喂给它吃。"

"这狗还真娇气。"他接过去说，"如果你真的不要了，我倒是可以帮你保管保管。对了，它叫什么？"

"随便吧。"我说，"我平时都是乱叫的。"

"你还真是随便。"他说，"对了，你该读高中了吧？"

"快高二了。"我说。

"时间过得真快。"他抱着狗，眯起眼睛，看着远方。一个老男人故作心酸的怀旧状让我觉得恶心，于是，我连再见都没说，低头跑开了。

我回到家里，看到爸爸正指挥工人搬我房间里的那个大衣橱。那个衣橱我没出生前就在那里，它又大又沉，几乎挡住了我房间的整面墙。由于疏于打扫，衣橱顶上落满了灰。据说它是由我的外公，当时我们这里最有名的木匠，用某种相当名贵的木料做成的，有点值钱。

这是我妈妈的陪嫁。当然，在我妈离开这个家的时候，她没有带走它。

我问我爸："干吗？"

他说："占地儿，给你换一个。"

"我无所谓。"我说，"我不觉得挤。"

"把这些衣服先收收。"他好像压根儿就没听见我在说什么，而是指着屋角那堆乱七八糟的衣服大声说道，"那衣橱过时了，我明天给你整个时髦的来！"

他说完就出去了，我看到他在门边跟那些工人数钱。不用怀疑，这是我们家目前唯一可以卖上点钱的东西，他把它给卖了。从后面看过去，他的背已经微驼，头发稀疏，夹杂着明显的白发。其实他年纪算不上大，但是，从那里出来以后，他的身体真是一日不如一日了。

每个人都觉得，我不应该那么爱他。这些人里面，甚至包括他的母亲大人，也就是我的奶奶。但是不知道为什么，我就是对他有种异样的宽容。我记得儿时那些片段，深刻，清晰，绝不仅是无聊的回忆。好客的他总隔三岔五就约了朋友来家里喝酒，喝高了，就高声唱那些很没品的歌或者讲那些无聊的荤段子。如果我实在没办法上厕所什么的不得已经过他们身边，多半会被他拉住。他掏出百元大钞递给我，大声说道："去楼下，给爹再整点啤酒和花生米上来，老头牌猪耳朵三两！"

他总是这么豪爽，这一点我像他。但我没他那么蠢，为了义气，什么事都往自己肩上扛。那纯属没脑子。还记得他进去的第一年，我和我妈去看他，雪下得老大，坐了很久的车，我的脚冻到没有知觉。我和我妈跳下车，我看到“监狱”两个字，就再也走不动了。那年我不大，才九岁。我并不在意别人的眼光，我只是看着那个又高又大的铁门在想，他那么爱闹腾的一个人，就这样失去了自由，多可怜。

他被关了六年。这六年，因为妈妈改嫁、奶奶生病，我去见他的次数很少。他出狱归来，我几乎认不出他，差点叫他叔叔。他好像也不再认得我，看我半天不出声。

我们如此陌生。但奇怪的是，我真的一点儿也不恨他。

尽管我的童年因为他而背负了很多的耻辱和痛苦。

或许，这就是所谓的血缘关系。我身上流着他的血，我骨子里有他的倔强和无知，我若憎恶他，就如同憎恶我自己。

衣橱被搬走了，那面墙很脏地很孤独地立在那里。房间里真的显得很空，但是跟我心里的空比起来，不值一提。

那时候，我想：若有机会，我一定要问问饶雪漫，一个人的心，怎么可能空成那样？

我在政治课上看饶雪漫的新书《斗鱼》，不小心被政治老师发现了。他从课桌下面抽出我的书，瞄了一眼封面，问我：“斗鱼是什么意思？”

“一种鱼。”我说。

“红烧好吃还是清蒸好吃？”

“没吃过，不知道。”我在全班此起彼伏的笑声里正儿八经地答道。

他撕了我的书，手法熟练。

我不敢有过多的反抗，只是给了他一个白眼。

“苏南车，我跟你说过多少次了，你不要斜着眼睛看人，这样很不尊重人。”他在我面前晃动着我心爱的只剩下骨头架子的书，叫嚣着。

“报告老师，我斜眼。”我大声说。

这下全班安静了，因为大家都知道，好戏就要进入高潮了。

他大步走回讲台，把手里的东西扔进讲台边的垃圾桶，然后迅速走回来，拿起我课桌上一本厚厚的汉语词典命令我：“顶着这个，站到讲台上去。”

我没有反抗，原因是我懒得反抗。于是我按他说的做了，把词典顶到头顶上的时候，有少部分同学笑了笑，大部分的人都忧心忡忡地看着我或者埋下了头。在他们的眼里，我是那样无可救药，没有个性，没有锋芒，没有意思。

就算不能够和他对着干，我大哭一场或许也更刺激一些。

好好一场戏，因为我没种，就这样活活没了看头。

但他们不知，这恰恰是我最想要的结果。

为了不让那些不安好心的人开心，我宁愿委屈我自己。

我站了整整一堂课，词典很重，压得我头晕目眩。但我坚持站得很直，目空一切。

下课铃声响起，当老师夹着讲义经过我身边的时候我叫住了他："老师，我头晕，我不能再顶了。"

他用恨铁不成钢的眼神看了我好几眼，也没表任何态，就走出了教室。

我走回座位，我的同桌木子多就说我："干吗要那么听话，他明明就是欺软怕硬的那种！"

"我愿意。"我说。

"苏南车，你有自虐症，你应该去看看医生。"

"说得对。"我说，"但是我愿意，怎么了？"

"好吧好吧，你愿意，算我多嘴行不行？"木子多不耐烦地摔了书。

"你怎么这么没同情心？"我骂她，"我站了很久你没看见吗？词典很重的，你知道不？"

"活该。"她说。

这回轮到我摔书了。

那天晚上，我用私信给饶雪漫讲了我被老师撕书还顶着词典站讲台的故事。我运用各种修辞，把整个过程说得更天花乱坠了一些。私信发了近十条，故事才算勉强讲完。虽然以前给她私信她从来都不回，但我想，作为她的读者，为了看她的书，我付出了这么惨重的代价，这一次她至少应该要有所表示吧。

果然，她回了我，可是只有两个字："活该。"

和木子多一样无情！

可是，她理我了，她理我了，她理我了！活该就活该，总比不理我要强。

我顺势问下去："我可以去参加你的夏令营吗？"

名人就是忙，有一搭没一搭，我等了很久，她再无声息。

我追问那个埋在心里许久的问题："你说一个人的心，怎么可以空到这样的地步？"

还是不理。

自讨没趣让我的心又空了一大块，好像不抓住某个地方，整个人都会飘起来一样。

我一只手握住手机，一只手死死抓住床角。但很快我就发现了一件更悲催的事，我的手机没流量了。没流量怎么刷微博，饶雪漫回我什么我都看不见了！我想了一会儿，连忙给木子多打了一个电话，我说："木子多你现在能不能上网，能上的话赶紧去我微博看一看有没有饶雪漫给我发的新私信，我把我的用户名和密码都给你。"

"苏南车你有病。"木子多说，"我还有一张试卷没做完，没空陪你疯。再说我根本就上不了网。再再说了，饶雪漫根本就不可能给你发私信！"

"饶雪漫真的给我发私信了！"我大叫。

"那她说什么？"

"她说……我活该。"

“好吧，苏南车，我要挂电话了。”木子多说，“我妈一直盯着我看，她肯定以为我在跟男生打电话。”

“我难道不是你男朋友吗？”我故意弄粗声音。

“说什么呢？”抬起头，我就看到了我爸。他拿着一根很长的绳子出现在我面前，吓我一大跳，差点以为他要因为我的胡言乱语而勒死我，赶紧掐掉电话。

“这两天没时间给你买柜子。你先把要用的衣服挂这根绳子上。”说完，他在我屋内找了两个支点，把绳子给拉了起来。那绳子在我眼前晃晃悠悠的，看上去有一种悲凉的喜感，恰如我这十八年短暂而无味的人生。

“爸。”他走到门口的时候我喊住他，“下个月我要改手机套餐。十块钱的根本就不够用。”

“不够用就少用点。”他头也不回地说。

“你不是卖了衣柜吗？”我朝着他的背影吼道，“那是我妈留给我的家产，怎么着我也要分点钱不是？”

我喊完这句就后悔了，老天知道，这不是我的本意。我只是想要一个有足够流量的手机套餐，可以给某个我不认识的人发点私信。我只是想让她知道，我没那么好，我需要她。就算她不回答我，骂我活该，我心里也舒服一点点。

如同她说过的某个句子：在宇宙的某一处，想起有你在，于是心里就好过一些。

我就是想心里好过一些，我无意让他难过。

但是我也不想说对不起。有些事情，错了就错了，道歉有屁用。他对我失望也未必是件坏事，失望了，就没那么多期望了，这样我们都落得个轻松。

周末中午，我约了我妈见面。

我们已经差不多半年没见了，她还算爽快地赴约，请我吃自助餐。我们其实也没什么话可以讲，和从前的无数次见面一样，一如既往地冷场。这是我第一次见到她的儿子，两岁多一点，看上去笨头笨脑，一不满意就号啕大哭，不是打翻奶瓶，就是把蛋糕糊得满脸都是。好不容易替他擦干净了，他看着我的脸哭着对他妈喊："妈妈，回家，回家，我要回家。"

我有些尴尬，好吧，我承认，更多的是嫉妒。

我已经有多久，没叫过那两个字。

我拿着一把叉子，竖在半空中，恶狠狠地看着他。我希望他能明白我的意思："你不把我当姐姐，我也没把你当弟弟，不要自作多情，姐不会跟你抢遗产，姐才不稀罕！"

但他显然不懂我的潜台词，只是一个劲地哭闹着要回家。

我妈无奈地抱起他，对我说道："我去把单买了，你吃饱了再走。"

"我吃饱了。"我说。

"你没吃多少。"她说。

"吃不下了。"

"好吧。"她说，"那随便你。"

“给我点钱。”我赶紧提要求，怕再不说，就真来不及了。

她看了一眼她怀里的儿子，压低声音对我说道：“你每个月的生活费，我都按时给你爸爸的。”

“我想换个新的手机套餐。”我说。

“妈这个月手头也有点紧，还是等等再说吧。”她很干脆地拒绝了我，然后去前台买单，甚至没有跟我说再见，就匆匆地离开了餐厅。

她走了以后，我发了一会儿呆。然后我去餐台上，拿了很多的蛋糕，很多的水果，很多的鸡翅和肉串，坐在座位上看着它们。我吃不下，但我就是要糟蹋它们，我怀着一种复仇的心态，等着服务生来骂我没教养，然后我就可以优雅地回答他：“是的，我妈教的，你使劲骂她，骂死她为止。”

但是，服务生走过来的时候，只是含糊地问了我一句：“还要吗？”似乎没等我点头，他就已经飞快地把那盘满当当的食物倒进了装满垃圾的推车里。

我不想让任何人知道，这个世界真让我失望透顶。或者换句话来讲，我对这个世界很绝望。

我走出饭店，发现我妈还没走，正陪着她儿子在饭店门口坐那种特别弱智的扔个硬币就大声唱歌、拼命摇晃的摇摇车。但其实，我知道她肯定是在等我。经过她身边的时候，她飞快地塞给我一卷钱，叮嘱了我一声：“别乱花。”然后就抱着她的丑儿子打了车飞快地离开了。

我摊开手中的钱数了数，二百五十元，喜感和痛感各占一半。

我不知道掏出这些钱，我妈在心里到底跟自己斗争了多久，但我知道，这就是目前我跟她母女一场的标价，说来遗憾。

我在中国移动的营业厅里交了一百块钱的话费，走出来的时候，市中心商场前的广场上人潮涌动。我的眼前忽然出现一个穿黄色背心的大高个，冲我喊："大姐，有没有兴趣了解一下我们的新产品，很好用的平底锅！"

什么！大姐！

我抬头瞪他一眼，这个衰人，近视至少一千八百度吧！

我没好气地说："看清楚！我不是灰太狼的那个娘子，我也不要平底锅，麻烦你戴上眼镜再来跟我对话，OK？"

我以为他会很不好意思地走开，谁知道他却脸皮超厚地继续劝我："你可以买给你妈妈，煎、炒、煮都可以，七折只卖两百八十八元，现在买还送一套餐具，超级划算，感兴趣就进里面商场看看嘛。"

"卖一个提成多少啊？"我问他。

一看我绝不可能成为他的目标客户，他最终黑下脸，跑到别人面前忽悠去了。我却对他产生了兴趣，因为我发现他的鼻子长得特别好看，是我喜欢的那一款，这种型号的鼻子我只在二次元中见过，三次元中还是头一回见。我买了一根冰棒，一边吃一边坐在街心花园的台阶上观察他。两个多小时过去了，他没有卖出一口锅，但是他一直不厌其烦地抓住路人介绍和推荐他的产品，我心里莫名生起一股同情。若要换成我，就算口水不说干，腿也跑断了吧。唉，看来挣钱这件事确实不容易。

又一个小时过去了，太阳渐渐西沉，他终于累了，径直走到我身边坐下，把那些广告纸放一边，开始揉他的腿。

“你学过销售吗？”我说，“不要见到谁就冲上去一阵介绍。你应该好好想想。你的锅老年人会买吗？不会！一定嫌贵。再年轻一点的，根本就不会自己在家做饭，拿锅有何用？卖这种东西，你就要找三四十岁的女性，但又要穿着打扮土一点的，明显不会网购那种，还没占过网购的便宜，比较容易上当。你懂不懂？”

“说得头头是道，要不你去试试？”他说。

“我对钱不感兴趣。”我说，“我干吗要去试？”

“天快黑了，你妈妈喊你回家吃饭。”他有气无力地说，“你快回去吧。我们这些穷人的事就不劳你操心了。”

“我妈死了。”我说。

“谁家养你这样一个女儿，还真是心寒。”他说完，站起身来，愤愤地拿起他的广告单，往前面的商场走去了。

我憎恶他最后看我的那个眼神，他看不起我，讨厌我！可是，凭什么啊，凭什么一个莫名其妙的陌生人，也可以这么对待我？

就凭他鼻子长得好看？门儿都没有！

可惜我口袋里只有一百五十块，不然我就买他一个锅，直接扔到他脸上去，打他个七窍生烟六神无主五官错位四肢不全三观全毁！

凭什么啊！！！

我能不能说，我对这个世界真的真的很绝望！

我决定去商场后面那条小街吃一碗牛肉粉慰劳我自己。可是，我万万没想到的是，那个卖平底锅的居然也来吃牛肉粉了。虽然他脱下了那件黄色的马甲，但我还是一眼认出了他。不知道为什么，当时我脑子里冒出一个很二的词：缘分。

只是，他好像压根儿就没注意到我的存在。他一定是饿坏了，好像只花了两分钟的时间，就吃完了那碗粉，然后起身离开。

有那么一秒，我有想要跟踪他的冲动，脱掉我的鞋，悄无声息，直到他转身发现我，问我："你到底是谁？"

但是，很快我就从幻想中清醒过来。

洗洗睡吧。

我的新衣橱一直没有来，我扯掉了那根让我毛躁的绳子，把衣服堆得到处都是。这期间奶奶来帮我收拾过一次，将夏天的衣服打包放进了编织袋，放到了阳台上。收拾的过程中她一直在数落我，但我一句嘴也没有回。学会沉默代表着我正在长大。饶雪漫说过，成长就是这样，痛并快乐着，但我们总要带着一种无怨无悔的心情，按时长大。

只是她说得不全对，对我而言，痛太多，快乐太少，少到差不多可以忽略不计。

期末考是全市统考。考试快来之前，听说有人弄到了历史和政治的题目，不管可信还是不可信，大家都在疯传那些题目。我跟木子多说："给我一份！"

"我没有。"她说。

"我知道你有。"我说，"到底够不够义气？我还请你吃过一碗方便面！"

"苏南车你能不能用用脑子，别人说什么你就信什么，统考的题，你真当谁都能弄到题目？那都是在耍你这种没脑子的！"

"你说谁没脑子呢？"

"就说你！"她回答得干脆利落，"还有，别再跟我提什么方便面，逼急了吐出来还给你！"

瞧，这就是我的同学，标准的自私自利的90后，真让人受够了！

我跟班主任提出我要换座位，她问我原因，我本想说没原因，她非要一问再问，我就说我看不惯木子多，再跟她一起多坐一分钟我就会死掉。谁知道老师竟然说你只知道你看不惯她那你有没有问过她看不看得惯你呢？

我说看不惯不是正好，一拍两散。

然后她就说了一句让我足以恨她一生的话，她说："你有没有想过，其实班上没有任何一个同学想跟你同桌！"

利用权势欺负人什么的，最没劲了。

当天我就搬到了最后一排，那里有个空位，有只桌腿是坏的，一直摇晃。我简单修了一下就让自己安家落户了，天下之大，哪里不得容身之处？

我不在乎有没有朋友，木子多从来也不是我的朋友，上帝做证，我最讨厌她打着朋友的温情牌，对我说什么“即便是你爸爸坐过牢，你也不要自卑，不要用上一辈的错来惩罚自己”这种鬼话。

她可以不告诉我题目，但是她不可以骂我脑残。

她可以不在乎我的恩赐，但她不能当我是傻子。

不然，我可以瞬间秒杀她的自尊和骄傲。谁怕谁？

班会课，大家讨论学雷锋，看他们正儿八经的样子，我笑得惊天动地。

老师很生气地问我：“笑什么笑？”

我说：“装什么装啊！谁肯真正学雷锋来帮我修下桌子啊？帮我补习一下数学啊？帮我去买个肯德基汉堡啊？我饿了！”

全班嘘声一片。

那次期末考，我一败涂地，倒数第八。

但我虽败犹荣，至少，我凭的全是自己的实力。至于其他人，让上帝去审判他们吧，我甚至不吝惜给他们祝福，愿他们死得不要太惨。

那年春节前，我爸跟着别人做什么烟花的生意，成天不在家。再见到他的时候是在医院里，头上包着纱布，说是被爆竹伤了左眼。我问医生他的眼睛以后会不会有问题，他回答我说：“要看运气。”

流年不利，我越发沉默孤独。

只是我没想到，我会再见到他。

大年三十的下午，百般无聊的我在大街上游荡，在上次遇见他的那个广场，我又看见了他，这一次，他是在卖春联。我看见旁边立着的一个大广告牌，上面写着“义工联盟爱心活动，所有收入用来捐给空巢老人”什么什么的。

我默默地站在路边，愿意温柔地相信，这是上帝给我开的另一扇窗。

终于，我走到他身边问：“什么叫空巢老人？”

他看了我一眼，我不确定他是不是还记得我，但是他很认真地回答我说：“空巢老人，一般是指子女离家后的中老年夫妇。随着社会老龄化程度的加深，空巢老人越来越多，已经成为一个不容忽视的社会问题。到 2050 年，我国临终无子女的老年人将达到七千九百万。独居和空巢老年人也会越来越多，空巢老人的养老问题，值得大家关注。如果你也关心他们，就买副春联吧。”

“谁知道你们是不是骗钱的，”我说，“你当我不知道郭美美事件吗？”

“我市义工联盟成立十几年了。你要是不信，可以参与我们的活动，跟我们一起去慰问老人啊。”

“要不要交钱？”

他笑了笑说：“不要，但要干活，洗衣服，拖地，甚至洗痰盂，倒尿盆，你想好再来。”

我觉得他在将我的军，但我不怕他。我什么活都能干，我才不是他想象中的那种娇小姐无能症患者。

后来，我真的参加了他们义工联盟的两次活动，也知道了他的名字：夏超。其实坦白讲，我并不觉得这种活动有什么意义，我只是觉得孤独，我想做点什么。比如我们有一次去看望一个九十岁的老头，他连谁是谁都不认得了，一个劲地拉着夏超叫“文文，文文”。

我问夏超：“文文是谁？”

他说：“可能是他儿子，或者孙子吧，我也不知道。”

我说：“真没意思，我要是某天活成这样，干脆自杀。”

“说什么话呢！”夏超说，“每个生命都值得被尊重。”

又来了！

我觉得任何人逮住机会都逃不掉要教训别人，认为自己有多么多么了不起，即便聪慧如夏超。

我知道，社团里已经有人在传，说什么我来做义工，是因为我是夏超的小“粉丝”。

偏偏休息的时候，有个男生不知趣地问我：“你为什么会来当义工？”

我说：“你什么意思？我不能来吗？”

“我没说你不能来啊，”他说，“你怎么这么敏感？”

“什么叫敏感？我哪里敏感了？”

“唉，算了算了，就当我什么都没说。”男生摆摆手。

旁边一个女生过来拖他说："走吧，别跟脑残计较。"

"说谁脑残呢？"我拖住她。

"知不知道你自己很讨厌啊，成天摆出一副臭脸给谁看啊，欠抽是不是？"

她个头比我高很多，于是我踮起脚尖喊："你抽抽试试！"

然后我就被打了一耳光。

我没有来得及还手，就被夏超拉走了。

我之所以屈服，是因为我贪恋他掌心里的温度。我还从来没有这样被一个男孩子拉过手，那手心的温度弄得我整个心都软成了棉花。他就这样拉着我，走过一整条老街，然后我们在街头随便找个石阶坐了下来。他到小超市给我买了一个可爱多，对我说："不怕冷就吃吧。"

可爱多在冰柜里冻久了，咬不动。我一边用力啃着一边生闷气：以为我苏南车没混过江湖吗？敢跟我动手动脚！什么玩意儿！

"你为什么要来做义工？"夏超也问我同样的问题。

"不知道。"我说。

"你只是不肯告诉我。"夏超说，"我感觉你有很多心事，但你不愿意说。"

我反问他："那你为什么要来做义工？"

"因为我是个孤儿。"夏超说，"我的养父母是残疾人，他们把我养大后，都相继去世了。每当怀念他们的时候，我就觉得我应该做点什么，这样我心里会好受一些。"

“其实我没什么心事。”我说，“我只是对一切都无所谓。”

“应该是有所谓吧。”夏超说，“其实你是个可爱的姑娘，就是很多时候像个刺猬，要收一收你的刺。”

刺猬？

从来没有人这样形容过我，这算是夸奖还是批评呢？

那天回到家，我的自卑综合征又犯了。我逼自己放弃心中对夏超的想法，他和我不一样，有追求，有真正的爱；而我有的，只是一片荒芜，长不出草，更开不出花。他是实心的，接地气的；我是空心的，注定只能在半空中游荡。

如同飞鸟和鱼，谁又能真正地拥抱谁？

不知道到底出于什么心理，后来的几次活动，我没有再参加。他在 QQ 上问我原因，我没有回复他，他也没再追问。后来我在 QQ 群里看到有关于他的议论，说什么他做这些活动都是为了能加分，毕业的时候找个好工作。又有人打赌说他很快就不会再做了，据说他已经泡到了富二代做女朋友。

管他真真假假，都只是八卦，再与我无关。

万幸的是，我爸的眼睛没出大问题，只需要多休息休息。只是那阵子，家里的钱越发紧张，开学的时候，奶奶让我去跟老师申请学费缓交，我打我妈的电话，她关机。我发现我不再像以往那样胆儿肥及脸皮厚，居然没有勇气去报到，就算孤零零地坐在最后一排，我也不想承担那些偷偷涌向我的蔑视的眼光。

更可怕的是，我开始分外想念夏超，没有办法克制的那种想念。于是我说服自己，按照 QQ 上他曾经留给我的地址去找他。那是开学的前一晚，夜里九点多钟，我穿着我洗得最干净的那双球鞋，飞奔在城市肮脏的马路上。我就要见到我最心爱的男子，是的，我必须没脸没皮地承认，那是我最心爱的男子。尽管我们没有太多的交集，甚至他没有用炽烈的眼神看过我，但他已经占据了我的心，让我知道我从此将与众不同。

我也许会表白，他不接受也没啥。但更大的可能是，我会跟他讲小不点的故事，讲我父亲，讲我母亲，讲我奶奶，讲小肚鸡肠的木子多，讲不近人情的班主任，讲妖精一样总是把话写到我心里去的饶雪漫。不管他爱听还是不爱听，我想要倾诉的愿望从未如此迫切。

我想让他知道一个真实的苏南车，从不是公主，但也没关系。

我在他的楼下给他打电话，可是接电话的是一个女生。我愣了一下，还是鼓足勇气说："我要找夏超。"

"你等一下。"她说，但很快又问我，"你是谁？"

"我姓苏。"我说。

"苏什么？"

"你可以问夏超。"我说。

一阵令人难过的沙沙声之后，我终于又听到那个女声，她用甜美的嗓音告诉我："夏超说他现在有事，一会儿打给你。"

电话很快挂断了。

我又打回去，没人接。

再打，关机了。

何必呢，真是的。

哼，如果爱情如此危险，你还谈恋爱干什么？一点自信也没有！

想想心里不舒服，我又发了个短信过去："所有的爱情到头来都危险，得意个啥呀。"

发到一半，我又后悔了，但来不及取消，眼睁睁看着那条短信飞了出去。

我也选择了关机。

不解释了，不面对了，不去想了。

不然，还能怎样？

不可否认的是，我为数不多的自信在那一夜被摧毁得一干二净。冬天还没有彻底过去，我居住的城市一到夜晚依然像个冰窖。我走在大街上，很冷，很危险，也很刺激。我很想随便走向一个陌生人，抓住他问："你可不可以带我回家？"但即便是这样，或许也没有任何人肯理我。

这么大的一个世界，我只是一粒渺小的细沙。

我蹲在小超市的门口，回味硬邦邦的可爱多的味道，同时回味自己走过的不算漫长的人生。和饶雪漫笔下那些女生比起来，我的青春压根儿谈不上叛逆，只是乏善可陈。要真说有点啥不好，无非也就是撒个小谎，犯个小错，可是为什么命运如此残忍，偏偏要逼得我走投无路？

不记得网上谁写过这样的句子，我曾经无比郑重地将它摘抄在我的笔记本上：如果对这世界再无眷念，就让我们挥挥手告别吧。

可是，当我的世界穷得只剩下我自己，我该向谁说再见呢?

雪漫印象

2012 年夏令营，闹哄哄的全都是人，但我还是一眼就认出了她。因为在所有的营员中，她是第一个跟我认识且在网络上互动最多的。

因为死忠，再加上她写得非常好的报名信，她获得了免费营员的资格。

坦白说，她长得不算好看，看人的眼神总是充满敌意。报到那天，我无意中听到有人向她咨询一件小事，她很干脆地回答说：“不知道。”

我试图和她交流，她回答我的多半也是这样一句话：“我不记得了。”

比起网上的那个她来，现实的她显得过于紧张、局促，充满了自我保护意识。我担心大家会不喜欢她，并且我的担心很快就变成了现实。记得某天有一场心理活动是：如果你不喜欢谁，就在纸条上写上一个“1”，然后送给她。

苏南车收获了一大堆纸条。在我正想着该如何安慰她的时候，她晃着脑袋很无所谓地对我说：“没关系，她们不喜欢我，我还不喜欢她们呢！”

整个夏令营，她都显得和大家格格不入。我觉得她肯定有点后悔来参加这个夏令营，但她依然不肯与我以及任何其他工作人员交心，宁愿独来独往，成天摆出一副“谁也猜不出我在想什么，2012 真的来了也就来吧”的骄傲脸孔。

闭营仪式的时候，我请她坐到我身边。我对所有营员说：“我知道你们都不喜欢苏南车，但是能不能当着她的面，说一说不喜欢她的原因。”

齐齐说：“我来之前就知道这个夏令营有个我的老乡，看到她，我冲上前很热情地拥抱她，谁知道她一把推开了我，弄得我很不好意思！”晓艺说：“不管我跟她说什么事问什么事，她都讲她不记得了，我就不相信她的记性会那么差。”还有人说：“她好像从不拿正眼看人，总是一副对任何事都无所谓的样子。”

我对大家说：“也许她是一只刺猬，伤到了你们，但是如果她愿意收起她的刺，你们可不可以抱抱她？”

感谢夏令营的每一个姑娘，她们都争先恐后地站起身来，拥抱了苏南车。

后来苏南车告诉我，来参加夏令营之前，她几乎已经不再相信任何人了。因为一些事，她觉得这个世界上没有任何人值得交往，都假得很。

“那么这个夏令营有没有改变你呢？”我问她。她毫不犹豫地回答我说：“有。我觉得大家都很真诚，就算不喜欢我，也不喜欢得很真诚。不骗你，当她们抱我的时候，我一直在发抖，但是那种感觉很美好，真心很美好。”

“你想过该如何改变你自己吗？”

“我试试少伤害别人。”她说。

说起来，我和苏南车之间真正的交往，是从夏令营之后才开始的。

为了写好她的故事，我常去她的 QQ 空间看看，也常常跟她在 QQ 上或者用微信聊聊天。她的特点是，很难相信一个人，但是一旦相信以后，就会变得特别依赖。三天两头打电话，发短信，大事小情均喜欢求助，并且打电话从没开场白，不报姓名，不问候，不管你忙还是不忙，直截了当说事儿。而且，一件极小的事，也容易被她无限地夸大，不管不顾地麻烦我和我的编辑们。

我试图让她明白，自己的事情总是要自己解决的。别人给的最多也就是建议。

所以有一次电话，我们讲得很长。她说：“你知道我为什么肯相信你吗？因为你真的很神，不管我用什么号码给你打电话，你总能报出我的名字。”

她不知道，我哪有那么神，泄密的不过是她无厘头的打电话方式而已。

夏令营结束后，她回家便收到了高考录取通知书，在河北，一所不怎么样的大学。她坐了很长时间的火车去报到，但报到后的第二天，她选择了退学。大家都觉得她有些任性，包括我在内，我甚至担心是不是我上次的电话影响了她的决定，因为我知道，为了她读大学，她家人付出了很多。

但庆幸的是，回去复读的她开始有了变化。有一天，她在微博上看到我有员工离职，立刻在私信上给我留言说："亲爱的，那么多人离开你，我真恨不得可以马上来帮你。你不要难过，你一定要等着我，我永远都不会离开你的。"

"加油吧。"我回复她。

没过几天，我又收到她的私信："报告老大，月考成绩上去了，我喜欢现在这个有理想的自己。"

我写她的故事，她非常配合。尽管她上网时间不是很多，但她总是尽可能地把我需要的素材尽快提供给我。就在这个故事快要写完的时候，她突然打电话对我说："你这次能不能不止写七个故事呢？"

被我告之不行后，她又说："要不，我就把机会让出来吧，夏令营那么多姑娘，大家都好希望能看到你写的跟她们有关的故事。"

"那你会不会有遗憾？"我逗她。

"当然会啦！"她大叫着说，"但是，我也心疼她们嘛，她们开心我也开心。"

那个时候，如果她在我面前，我想我一定会伸出手去抱抱她。

其实，我从不觉得苏南车是个问题少女，她只是在很长的一段时间内不懂得如何和他人相处。她回避很多她在乎的东西，比如毫不留恋地送掉自己喜欢的狗，离开自己明明很喜欢的人，她觉得这就是她的个性。她习惯了用“无所谓”来包装自己所有的失败，用“不在乎”来伪装自己所有的在乎。在任何人想要靠近她的时候先竖起自己的刺自卫，却不知道只要肯拔掉身上的刺，整个世界就会变得柔软。

苏南车说，她现在最怕的就是失去理想，那样她就会变回从前的样子。带着理想，跟从前的自己挥手再见，她就有了重新出发的最坚强的理由。

唯愿理想不灭，信念长存。愿她对着这个世界微笑的时候，世界能还她同样的微笑。

◉ 苏南车

后来

清晨天微亮，穿过繁华的街道在路口驻足，我听见身后早市的喧哗。时间如白驹过隙，2011 年 9 月，我像个逃兵从大学退学回到了这熟悉的城市，如今又快要离开了。我想起那句很喜欢的话：“我什么都不要，我只要我的新生活。”

昨夜的梦里，初中同桌对我说：“兔子，高考你要加油！”今早醒来，高考倒计时已不足百天。我翻出 2012 年 3 月的日记，找到了那首写给同桌的诗。

四月的梦，

长夜漫漫，星光点点，

你轻声在我耳边，

告诉我你的心愿。

大雁唤醒了春天，
青春却不会复返，
要勇敢一点，
给青春最美的纪念。

这是曾经我对同桌的鼓励，也是今日我给自己的正能量。

记得历史老师曾说我："你地理考得不错嘛。政治、历史加起来等于地理的一半。"记得周考时我一边提防着老师一边发微博说："在战场上给心灵放个假。"记得没做作业被惩罚，语文老师说"不想学的出去"，我兴高采烈地扬长而去。记得 2011 年高考考文综的时候我睡着了，没做完卷子。那时候因为太害怕高考，我完全放弃了学习，尽可能让自己舒心地等待着高考末日的到来。

这些回忆里的自己，任性又偏激，不安又迷茫，颓废而胆怯。说实话，我没有坦然面对回忆的勇气，但是如果不经过挥霍时间到后悔曾经这个过程，有些事我怎么也不会明白和相信。

复读的这半年，我收获颇丰。我找到了学习带给我的充实感和遇到问题不再发蒙的心安。我找到了自己的方向，我要考我喜欢的大学，学我喜欢的专业，为能成为雪漫的编辑而努力。我不能肯定若干年后我的理想不会褪色，但此刻理想激励着我改变。在新班级，我有了形影不离的好朋友，她们叫我"温暖的苏南车"。我开始相信没有什么事是过不去的，比如高考。我开始明白，拥有理想多么重要。

一个姐姐对我说过，疼痛和难过终究是成长的必需品，总有一天，优秀和坚韧可以战胜一切。任何人都可以看见苏南车所在的位置，就连苏南车自身也会成为一道美丽而坚实的风景。

我喜欢现在的自己，喜欢自己认真、从容的样子。我不能丢失理想，我不想变回原样。当学习累了，想想自己的理想，我便会微笑。当我想要对同学大发雷霆，想想远方的营员们对我满心的期待和耐心的陪伴，我便会微笑。

雪漫说，没关系，我们都是这样长大的。我想，我要相信每天的阳光都是新的。生命中总有那么一段时光，充满了不安，可是除了面对，我们别无选择。

如果有可能，我好想回到过去，抱抱那个曾经执意追寻痛苦的自己，跟自己说一声："亲爱的姑娘，我从此再也不一样了。"

多么好，多么幸福。

二完了吧？该洗洗睡了。

[其实不是中二病]

楠惜

女生档案

姓名：楠惜
城市：西宁
年龄：19 岁
星座：白羊座
关键词：爱，自私
个性签名：二完了吧？该洗洗睡了。

自白

女生故事

如果我说这世上没有一个人爱我，你会不会觉得我矫情？

或者，你可以换个说法骂我贱人。

但事实就是，这个世界上真的没有一个人爱我。

我出生在农村，我爸妈在生下我之前已经有了两个女儿，所以，在我十个月的时候，他们把我送给了别人。原因很简单，他们想要一个儿子，而我是个女孩。我养父母家当时已经有了两个儿子，他们家境殷实，却又担心儿子粗枝大叶，不够孝顺，一直希望有个女儿，可以在他们老了以后细心地照顾他们。

就这样，两家人一拍即合，我从乡下被送到省城，从此开始了“被收养”的生活。

我是养女这件事，其实我很小的时候就知道。我们那里的街坊邻居甚至卖菜的大妈都知道我是抱来的，所以我爸妈也没有因此刻意地瞒我。只是不知道是不是怕我跑回家，他们一直没告诉我我的亲生父母是谁，姓什么，叫什么，住在哪里。既然他们不说，我也不问。我觉得我大伯说得对，不用想那么多，谁养你，谁就是你的亲生父母。

七岁以前，我真的没有觉得养女有什么不好。虽然我的两个哥哥对我一直不算友好，但我爸妈还算是挺爱我的，两个哥哥有的，我都有。哥哥没有的，我也有。我的童年，从不缺吃少穿，说起来应该还算是幸福。

可自从我上了小学之后，一切就好像变得不太一样了。不知道从哪天开始，我爸开始不怎么愿意搭理我，我妈甚至开始动手打我。每次开完家长会回来，我妈都是黑着一张脸，因为老师总说我成绩不理想、不努力什么的。可是我两个哥哥的成绩也不怎么样啊，还常常考不及格，我爸妈却很少说他们。

我觉得不公平，抗议爸妈对我要求太高。我妈就对我说："你不要跟他们比，他们是男生。女孩子不一样，女孩子只有好好学习，将来才能出人头地。"

我开始变得很不开心，因为他们觉得什么都是我的错，学习不好是我的错，参加比赛得不了奖也是我的错，和老师同学关系不好也是我的错。可是事实上，我真的已经很听话了，我一直在努力，希望能达到他们的要求，但他们总看不到我的努力，除了责备我，还是责备我。一开始，我只是觉得沮丧和自卑，觉得自己天生不是读书的料，丢了他们的脸。但是小学三年级的时候，我同桌的一句话惊醒了我，他说："你也就是被骂骂而已，知足吧！你知道罗小云吗？她也是领养的，每天回家都要洗三桶衣服，还要帮她奶奶倒尿盆！"

我这才反应过来！对啊，我是养女，我根本就不是他们亲生的，无论我怎么做，他们都不可能真正对我好、真正满意啊。现在养一个孩子，成本那么高，我当不了学霸，又不是天生丽质，注定无法为他们挣足面子。他们一定后悔当初的决定了，可又没有办法不养我，所以才成天给我脸色看的吧。

就在我十岁的某一天，家里突然来了两个陌生的中年人，一男一女，看上去很穷，身上穿的衣服很旧，很脏。我刚进门，他们就一直盯着我看，我心里生起一种不祥的预感。果然，我就听到我妈说："楠惜，这是你的亲爸亲妈，他们来看看你。"

我脑子里一片空白，心跳得飞快，匆匆瞄了他们一眼，就回了我自己的房间。一直到他们离开，我都没有再出去过。

我很害怕，他们突然出现，是为了来看看我，还是，另有目的？

如果他们是要带我回去，我该怎么办？我才不要回农村，听说那里的蚊子能把人活活咬死！

还好，他们没坐多久就走了。

当天吃晚饭的时候，因为有心事，我胃口不是很好，吃得也很少。二哥嘲讽地说："趁现在你还能挑肥拣瘦赶紧多吃一点吧，以后回到乡下，怕是连饭都吃不饱！"

“胡说什么！”我爸用筷子敲他的头。

晚上，趁我妈一个人在厨房，我走过去害怕地问她：“妈，你是不是要把我送走？”

她横我一眼说：“看你表现！表现好就不送你回去，你自己看着办吧！”

说实话，我真的很害怕。那时候我两个哥哥都已经初读中了，他们开始变着法子欺负我，拿走我所有的零花钱，让我替他们抄作业。我稍有不从，他们就像复读机一样地恐吓我：“让你亲爸亲妈带你回乡下去！”

“让你亲爸亲妈带你回乡下去！”

“让你亲爸亲妈带你回乡下去！”

……

小学后半段的时光，我过得非常没有安全感。我常常做梦，梦里被陌生人牵到不熟悉的地方，四周一片黑暗，我努力睁大眼睛，也看不到一丝丝光亮，然后我就放声大哭，直到醒来。

还好，一直到我小学毕业，一切都相安无事。每逢过年过节，我亲生爸妈还会来我家，送上一些不值钱的土特产，再拿走一些我家里人不穿的旧衣服。我几乎没有跟他们说过一句话，刻意跟他们保持距离，生怕越雷池一步，我就会被彻底打回原形。

有一次我过生日，我亲妈来了，说是要带我上街，给我买件新衣服。我那时已经开始爱美了，抵抗不过新衣服的诱惑，也就别别扭扭地跟着她上街去了。她带我坐公交车，下车的时候，她亲热地牵起我的手，她的手真的非常非常粗糙，令我很不自在，我好不容易才找到机会挣脱她。

“喜欢什么，你自己挑。”她说是这么说，可是我看中的款式她总是说这不好那不好，要么就说不适合学生穿，要么就是嫌贵，不停地跟人讨价还价。

我当时觉得特别伤自尊，心想她刚生下我就把我送给了别人，在我身上没花过一分钱，现在就买一件衣服，还不肯痛痛快快地掏钱。我在她心目中，到底算什么呢？

那天，我气呼呼地抛下她一个人回了家。后来，她自作主张买了一套衣服送过来，一看就是地摊货，三五十块钱那种。还附加一个小得要死的蛋糕，看上去很不新鲜，也让人毫无食欲。

衣服我看了一眼，试都懒得试。至于蛋糕，本来我那两个打球回来饿得要死的哥哥是很想吃的，可是我却说：“三无产品，不怕吃了拉肚子吗？”

最后，它被扔进了垃圾桶。

那天，我半夜去上厕所，就亲耳听见我妈在跟我爸抱怨说：“楠惜这小孩，怎么跟她亲生爸妈一点亲情都没有，不知道我们会不会养一个白眼狼！”

我爸叹息说：“都这样了，还能怎么样呢。也就希望她将来能有点出息，不要再给我们增加更多负担就好了。”

听了这些话，我回到房间，一个人哭了很久。我觉得特别委屈，我对自己说：“如果这个世界上没有人爱你，你就一定要自己爱自己。”

也就是从那天开始，我决定不再做一个弱者，不再每天等待着命运给我审判。我要好好地活，活出自己最精彩的人生，自己决定自己的命运，再也不用害怕任何人将我送过来送过去。

上初中后，我在班上的人缘不好不坏。但初中跟小学有一点还是很不一样，那就是大家相互之间的攀比情况开始变得很严重。我读的是重点中学，班里很多同学不是官二代就是富二代。和他们光鲜亮丽的背景比起来，我注定了是人群中最灰色的一抹。我讨厌他们眼里表现出的那种有意无意的不屑，但我并不甘心，发誓总有一天要强过他们。为了让自己变得更加特立独行一些，我学会了抽烟、喝酒，并开始打扮自己。不穿校服的日子，我总是把自己打扮得美美的，路上如果有男生回头看我，我会觉得分外满足。

我喜欢看日本动漫，学会了上网，并因此认识了一堆玩cosplay（角色扮演）的朋友。慢慢地，我加入了他们的社团，成了一名coser（角色扮演者）。我和他们一起去做衣服，买饰品、道具，扮演各种我喜欢的角色。没想到我的表演很快得到了好评，并在圈中小有名气。有一次年级元旦会演，老师特别指定我带着几个同学做一场cosplay秀。这是我第一次得到老师如此重视，所以我也分外地卖力。cosplay这件事怎么说呢，注定是个烧钱的事情。以前我表演用的衣服都是在网上买，或者自己买了布，拿了样子去找裁缝做。因为喜欢，我省吃俭用，把所有的零花钱都败在了这上面，有时候连早饭钱也省下来。但这一次不同，要面对全年级表演，没有强大的经济支援可不行。

回到家，我就跟我爸妈要钱，还特别强调了这次文艺会演对我的重要性。谁知道我爸妈一点也不理解，我妈没好气地说："学习搞好就行了，成天整这些没用的玩意儿，考试还能加分？"

我低声下气地说："那就把我半年的零花钱预支给我好了，我保证半年内，都不跟你们要一分钱了。"

我妈当时就怒了："照你这么说，这零花钱是我欠你的钱啊，你当你是拿工资啊？就算是，你为这个家做过些什么？你倒是说来我听听。"

我两个哥哥也跟着掺和，一个说："我的游戏机要换了。"

另一个说："我要换新球衣和新球鞋。"

我爸把碗一推，大骂一声："败家子。"

两个哥哥在偷笑，因为他们知道，这三个字骂的是我，跟他们没有关系。事实也很快得到证明，他们不久后就拿到了新的游戏机和新衣新鞋。

只有我，一无所有。

我东拼西凑，四处求 cosplay 圈里的朋友借服装、借道具，那次表演才勉强得以完成。表演失败得没法形容，我们就像一堆小丑一样在台上乱走了一气，然后草草收场。底下吵闹声嬉笑声一片，根本没人愿意认真看我们的演出。下台的时候，还有个男生扯着我用旧毛衣拆出的毛线编成的长发问我："这啥破玩意儿，拖把吗？”

回到家，我扑在枕头上大哭了一场。我相信我自己，就凭我的水准，如果我有足够的钱，我一定能搞出一场特别漂亮、令所有人都瞠目结舌的演出，让学校至少一半的学生像我一样迷上cosplay，让老师同学从此对我刮目相看！多好的机会，就因为我爸妈不支持，令我白白错过！

为什么呢，不就是因为我不是亲生的吗？

每当想到这样的事实，我的心都冰凉冰凉的。我跟家人之间的话变得越来越少，如果开口，也多半是吵架。特别是跟我妈之间，说个三句话以上就一准能吵起来。我学会了沉默，能不在家待着的日子，我都不愿意在家待着，宁愿在外晃荡。我慢慢养成了一个习惯，我爸妈怎么说，我就偏不怎么做。我在网上看到一个新鲜的词：中二病。我恍然大悟，是的，我就是得了中二病，而且，我要把这种病坚持到底！你不让我好过，我也不会令你舒心！

我在社会上认识的朋友越来越多，其中一个姓罗的男孩，就这样闯入了我的生活。

他叫罗一凡，比我大一岁，和我不在一个学校，他也喜欢看日本动漫，喜欢玩游戏。网吧管得很紧，未成年人不准进，我家有电脑，上网还算方便。只要我家没人，他都会溜过来打游戏，我则替他把风，在我家人快回来的时候，让他赶紧从后院溜出去。

不巧的是，有一次还是被我二哥撞见了。我用二百块钱好不容易才把我二哥摆平，让他不要乱讲话。

二哥把钱收起来，居高临下地问我：“是你男朋友？”

我低声说：“不是。”

“瞧你那样，你们刚滚过床单吧。”他说，“小心肚子被搞大。”

我觉得很恶心。

其实我和罗一凡之间，根本没有那些乱七八糟的事情，最多就是他偷偷摸摸亲过我两三次而已。我们的事最后还是传到了我爸妈的耳朵里，那天晚上我就被打了，他们要我跪在地上，让我交代都干了些什么勾当。我说我没有，他们也不信，我妈拿了根木棍子，噼里啪啦地打在我身上，说什么我小小年纪就带男人回家，不正经，败坏家风，不如让我亲爸亲妈把我带回去算了！

我就知道，终究是要绕回到这一句的。

这一次，我不能让他们老是借这个欺负我，于是我咬咬牙，心里滴着血大声朝他们吼道：“回去就回去好了，别以为我想待在这里，你们以后也别指望我给你们养老！”

我吼完这句，就看到我爸的脸都绿了。他夺过我妈手里的棍子，我以为他是要打我，吓得浑身发抖，谁知道他只是把棍子狠狠地扔到地上，就拉着我妈进了他们自己的房间。

后来有一阵子，他们都不怎么管我，我也乐得轻松。只是我跟罗一凡之间完蛋了，他见了我就躲着走。很久以后我才知道，是我妈去找了他，让他不要再缠着我，不然就去告诉他家人。

一个男的，如此胆小怕事，也没什么值得我留恋的。唯一庆幸的是，我没有把最宝贵的东西糊里糊涂地交给他。别说我没那么爱他了，就算是我最爱的男人，我想我也会三思而后行。

我的同桌说我爱自己超过爱任何人。我觉得她说得没错，是的，就是这样。如果我自己都不爱自己，这个世界上，还有谁会爱我呢？我的同桌是个胖胖的女生，很巧的是，她跟我同年同月同日生，名字里还有一个字跟我是相同的。失去爱情的我开始重视友谊，我认为这是上天赐给我的礼物，所以我一直很用心地对待她。坦白说，她对我也不错，填补了我很多寂寞的时光。我向她敞开心扉诉说心事，包括我不是我爸妈亲生的这件事。我以为她会保守秘密，没想到她竟然把我的这个秘密当作笑话讲给别人听。我责问她的时候，她反而当着很多人的面像模像样地教训我说："这是事实啊，有什么不可以讲的呢？难道你觉得很丢人吗？可是我不觉得，我认为你爸妈对你很好，但是你一点儿都不懂得感恩。"

她一说完，旁边无数个人就开始七嘴八舌地教训我。教训人这种事谁不会啊，这种切肤之痛他们又不曾经历过。不信，让他们当一天养女试试！

真可笑！什么友谊地久天长，都是假的。

那次期末考，我考得也不好。春节来临前，我亲爸亲妈忽然提出，希望我能够回那个家过一次年，说我长这么大，还没有跟家人在一起团圆过。我当时心情特别差，也想换一换环境，所以就鬼使神差地答应了。

回去的当天晚上我就后悔了，那个家比起我省城的家，实在是有些寒碜。尽管他们专门给我准备了一个房间，所有的床上用品都是新的，但是因为没有空调，我还是冷得瑟瑟发抖。最重要的是，我那两个陌生的姐姐，还有一个陌生的弟弟，看我的眼神就像是看一个怪物。我去的时候，我城里的妈给他们每个人都买了新衣服、新鞋，我还拎过去一大堆别的东西。过年的时候，他们都穿上了，可是，没有一个人跟我说谢谢，也没有一个人愿意带我玩，好像我为他们付出都是应该的，就像我欠他们的一样。

更令我没想到的是，就在大年初一的早上，我接到大伯的电话，他劈头盖脸就骂我："你是不是回家乱讲，说这边虐待你什么的？"

天地良心，我可啥也没说！

"做人不能没有良心，你爸妈把你养这么大，你怎么可以翻脸就不认人！就是偶尔对你有打骂，也是正常的管教，是为你好！"大伯生气地说，"你自己好好想想回来该怎么解释吧！"

我不知道流言是怎么传出去的，当天我就一个人坐车回省城的家了。在回家的路上，我去超市买了一把小刀，我当时就想好了，他们要是敢冤枉我，我就死给他们看！

这么多年，我过着这样憋屈的生活，看尽人家的眼色，何苦呢？不如早死早投胎！

到家的时候，爸爸妈妈都坐在客厅等我。我根本没来得及做任何解释，迎接我的就是一阵狂风暴雨般的痛骂。

我哭着问他们："我什么都没有说，你们为什么不相信我？"

"就凭你以前的表现！"我爸说，"你亲妈都打电话过来质问了，还问我到底是怎么回事，你还要撒谎抵赖到什么时候？”

我妈丢出来的话更狠：“你真令我们失望，当初还不如养一条狗，现在还能替我们看看家！”

我被他们骂得大脑缺氧，失去控制的我从口袋里掏出事先买好的小刀，当着他们的面就开始割腕，我下手很狠，血一下子就喷了出来，我爸妈合力抢过我手里的刀的时候，我已经在手腕处割了好几刀。回想起来，我当时真的没什么害怕的，我就是不想活了。我希望能用生命去证明我的清白，仅此而已。

后来我才知道，这一切都是我大哥干的好事。那天我亲妈来接我回家过年的时候，我大哥故意对着她说：“你接走她是对的，最好就不要送回来了，免得她在这里被打被骂，也没什么好日子过。”

可能是那一次我做得太激烈了，也有可能是我爸妈最终知道冤枉了我，他们对我的态度开始有所好转，也多次试图缓和我们的关系。但是我的心已经被伤得很重，只能离他们越来越远了。

既然在家里得不到爱，我就开始到外面寻找爱，短短几个月，我差不多谈了十次恋爱。只要有男生说“要不我们俩好吧”，我立马就点头同意。一旦他们提出非分的要求，我立马就和他们分手。

歌里唱道：“再伟大的爱也不过只是爱。”是的，我要的只是爱。哪怕是假装的深情，也能填补我的空虚。

我的名声渐渐坏了。但也有令我得意的地方，那就是学校没什么人敢惹我，大家都觉得我是在社会上混的人，路子野，朋友多。就连我两个哥哥，跟我说话的口气也变得客气了很多。

我的中二病开始越来越严重了，看谁都不顺眼，心里没有一件事是痛快的。可是，我觉得这也没什么不好，这就是我想要的。

初三那年，我暗恋上了一个男孩。他是我们学校高中部的，个子不算很高，但是特别特别帅气，有味道。他令我想到《左耳》里面的许弋，我只要一看到他，心就跳得飞快。我心里很清楚，这只是一场暗恋。我没有告诉任何人，只是在心里默默地喜欢着他，希望有朝一日，他能看我一眼，哪怕一眼，就已经足够。是谁说过“你的爱人爱你，是因为你值得他爱”？就因为这一句话，我甚至想过，我要为了他，变得优秀一些。等上了高中，我见他的机会就会更多了，说不定，我们还能成为朋友！

我怀揣着这样的理想开始努力，加油。晚上复习到十二点，早上六点就起来背单词，就连我们老师都夸我：“楠惜，你好像变了一个人。”

然而，现实永远骨感，梦想注定幻灭。无论我如何努力，丑小鸭还是丑小鸭。由于基础太差，中考我还是失利了，没能考上本部的高中不说，就连普通高中的分数线都没有上。

如果我想要留在本部继续读书，不是不可能，但一要找关系，二要交钱。

我求他们让我继续读高中，并发誓一定好好学习，努力考个好大学不让他们失望。然而，我爸妈合计了一下，觉得拿那么多钱给我上高中，不如将来用这些钱给我找个工作。

我爸说的话很刺耳：“你就不是什么读书的料，就去读个中专，随便找个工作，再嫁个人，我跟你妈的任务也就算完成了。”

我妈更狠，补上一句：“嫁不嫁得出去还是个问题！”

他们最终决定让我去读中专，学什么电子信息工程专业。那所学校离我们家很远，最可怕的不是这个，最可怕的是，我不能住校，还得住在我大伯家。

“住校，三天就学坏了！”我妈说。

“你以为她还是好人吗？”说话的是我大哥。

我大伯则说：“我可不像你爸妈，住在我家可以，但是要有规矩。”

别以为我不知道，要不是冲着我爸妈给他们的不算少的生活费，他们怎么可能愿意收留我？对他们而言，照顾我只是一份工作，不仅能挣钱，还可以名正言顺地教训我，又能得到我爸妈的感谢，何乐而不为？

“不去！”我坚决地说，“住大街我也不去！”

“那你就给我滚回乡下去！”

呵呵。每一次的争吵都以这句话结束，好在我早就已经习惯，只当他们是在放屁。

漫长的暑假，我一个人闷闷地走在大街上，没想到会遇到罗一凡，他身边还走着一个姑娘，两人一看关系就不正常。

我故意不躲，迎上去跟他们打招呼，并问罗一凡：“这谁啊？”

“我女朋友啊！”罗一凡一点也不避讳。

“那我算什么呢？”

“你是楠惜吧？”那女的飞快地接话了，“罗一凡，你说得没错，你前女友长得还真像凤姐！”

“什么前女友！我都说了不是什么前女友！”罗一凡说完，拖着那女的就急匆匆地走掉了，仿佛曾经跟我认识，都是他的耻辱。

“公共汽车！”那女的不罢休，还扭过头来恶毒地骂了我一句。

意思我当然明白，谁都能上呗。

无所谓啦，既然世人都看我污浊，我一身清白，也无须让任何人知道。

那晚，我偷了我爸没来得及存进银行的一万多块钱，一个人踏上了流浪的旅途。我去的第一站是北京，因为那里有饶雪漫的夏令营。工作人员一开始不肯收我，后来知道我是离家出走的，跟我爸妈联系后，征得了他们的同意，才破例给我开了后门。

我知道夏令营里的每一个女生都有与众不同的成长故事，我的故事和她们比起来，注定没什么精彩可言。我只是想找一个可以暂时休息的地方，跟几个不用交心的朋友随便说说心事。至于今后的日子是什么样，我不知道，也懒得去想。或许，是时候放下我的中二病了，这只是一个放纵自己的借口而已。

不管我有多么不满意我的现状，生活还得继续，这一切就像饶雪漫说过的那句话：“人生没有那么多的假设，现实是一个一个真实的耳光，打在你的脸上，喊疼毫无意义，唯有一往无前。”

楠惜，我知道你将一往无前，无论是生存，还是毁灭。这也将是我最后的、唯一的骄傲。

雪漫印象

整个夏令营期间，楠惜都表现得像一个打酱油的。她像个不谙世事的小姑娘，似乎只是路过顺便看一看热闹罢了。

我看过她的报名信，她在信上说，她得了中二病，求治。

可是编辑们都说，她挺好，没什么问题。当时把她招进来，是因为她是离家出走的，人都来北京了，总不能让她一个人在外面流浪吧。

直到闭营仪式后，我收到一条短信，是楠惜发来的："我感觉你的夏令营很不公平，一点意思都没有，我特别后悔参加。"

我问她："能说说为什么觉得不公平吗？"

她回答我："今天抽黄英的签名 CD，为什么不抽给我？我明明就是她最铁杆的粉丝！难道就是因为我唱歌不好听吗？我对你们很失望！"

我请楠惜来我的办公室，当着她的面给黄英打了电话，黄英当场表示，愿意给楠惜再送上一张 CD，并专门为她写一段祝福的话。

我挂了电话，楠惜当时脸上就乐开了花，看那样子恨不得冲上前来拥抱我一下。

我问她："那你现在觉得公平了吗？"

她拼命点头。

我说："你有没有想过，其他营员会不会又觉得不公平了呢？你的公平与不公平，都是站在自己角度想的，对不对？"

她这才知道中了我的圈套，不讲话了。

听楠惜跟我讲完她的故事，我总结她不幸福的最根本原因，其实就是她的自私。我无意批判她的自私，她只是个孩子，形成这样的个性主要还是因为她的成长环境。她出生在农村，十个月的时候就被送出去，养父养母一不开心就表示要送她回家。所以从童年开始，她就极度没有安全感，习惯于自己保护自己，尽可能地去争取她自己想要的一切。你满足她，她就高兴，一旦有丁点儿不满意，她会立刻反击。

就像她和她养父母之间的矛盾，她习惯于将一切都归于"我是养女"，而忽视掉自己其实做了很多的错事。

我跟她分享夏令营其他女生和父母之间的矛盾，对比之下，楠惜遭遇的甚至不值一提。

我说："你看，这些孩子不都是爸妈亲生的吗，为什么也会这样？”

“我还真没想过。”她很诚实地回答我。

“其实，如果你是你父母亲生的，他们也会这样管教你。甚至，会管教得更严。”

听我说完这些，楠惜哭了。她说：“可是他们真的不爱我，他们总是说什么早晚有一天要把我送走，让我嫁人之类的话，我听着特别伤心。”

“他们把你养大，你以后会孝顺他们吗？”我问她。

她想了一下，摇了摇头。

“你要换个角度想，如果你总让你的养父母感觉自己养的是白眼狼，你又凭什么要求他们对你好呢？”

她答不出来。

楠惜总感觉身边没有爱，对养父母充满了戒备，对亲生父母又完全没有感情。兄弟姐妹，大伯大婶，在她心里都是浮云。但她并不是内心一点都不柔软的孩子。你瞧，一张黄英的 CD，又能让她瞬间觉得这世界充满了爱。

夏令营结束后，我的编辑跟我讲了一件事情。她说那天送楠惜走的时候，下起了大雨，她跟楠惜同撑一把伞，楠惜对她说道：“雨淋湿我了，能把伞往我这边靠些吗？”编辑照做了，雨水滴在编辑的身上，楠惜毫无知觉。

编辑笑着对我说：“雨水真的很凉，后来我都感冒了。”

我问编辑：“那楠惜发现没？”

她摇摇头说："没有，这孩子的世界里，只有她自己。"

我说："你应该告诉她，雨也会淋着我。"

编辑说："我还真不好意思。"

确实，楠惜的世界里，跟她说真相的人太少。

为了写她的故事，我跟楠惜打电话，向她求证一些细节。她答得前言不搭后语，一个小问题，我问了四五次才问明白，我生气地问她："你到底有没有用心？"

她说："你给我打电话，我太激动了，一下子没整明白！"

我又问她："你现在好吗？"

她说："不好。昨晚没洗脚，我婶婶又到我妈那里告状去了。寄人篱下的日子，我真的受够了。"

"你还记得上次聊天时我跟你说过的那些话吗？"我说，"你可以不说谢谢，但一定要懂得感恩。"

"雪漫姐姐，我不会让你失望的。我真的在改，你要给我点时间。"她说。

没关系，一辈子那么长，姑娘，我们有的是时间。

我还是相信楠惜会幸福，我也相信楠惜和亲生父母以及养父母之间都是有感情的，只不过楠惜还没有找到与他们最好的相处方式而已。

未来的日子，楠惜最应该努力忘掉自己是养女这件事，学会体谅别人、体贴别人、爱别人、相信别人。因为爱是相互的，流动的，只有爱人，才会被爱。

当她肯把心里的阳光分给别人一点点，她的世界就会因此而敞亮很多。而她所期望的安全感和归属感也都会来到她身边。

和楠惜一样，我也将希望托付给时间，我甚至希望她暗恋的那个男生会喜欢上她，因为每一个愿意努力向上的姑娘都值得被祝福。

◉ 楠惜

后来

夏令营结束后，我鼓起勇气给在老家的爸爸妈妈发去了一条短信，内容是这样的："爸爸妈妈，刚看了下天气预报，老家降温了，你们多穿点衣服。"我知道在别人眼里做这件小事不过稀松平常，对我来言却困难得出奇。我盯着手机，拿起放下很多次，来来回回纠结了几个小时，终于一咬牙摁了发送键。

我不知道爸爸妈妈看到这条短信是会微笑还是无感，但是，我觉得至少我做了自己应该做的事情。但是他们没有回我信息，也没打电话给我。

我把这件事失望地告诉雪漫姐，她却笑着说："你做你自己应该做的就好。不回应不代表不高兴。"

回家后，在火车站看见爸爸的那一刻，我觉得自己有点不自然了。我叫了一声爸，他应了一声。一路上，我们没有说一句话。

但回到家里，发现我妈给我准备了我爱喝的红豆汤，她说多喝一点，然后就一直盯着我看。

我问她："看什么看？"

她说："好像长高了点。"

开学后，我住到了大伯家里。日子还是一样，我常常被埋怨，被教训。但是我学会了沉默，并不急于顶嘴了。心里实在难过的时候，我会想一想雪漫姐跟我说的话——你可以不说谢谢，但是不能不懂得感恩。

周末我回家，我妈又做了一桌子好吃的东西。说实话，我很想回家住，即使路远一点，每天累一点。因为我感觉我大伯一家真的很不喜欢我，从我身边走过都会冒着寒气。我跟爸妈提了，他们当然是没那么痛快地同意，而是让我忍，学会改变自己。

我没再强求，给自己时间的同时，也要给他们时间，让他们看到我的改变。

吃过饭，我坐公交车回大伯家。我耳朵里插着耳机听着歌，忽然间注意到一个大肚子的女人站在我身边，我下意识起身，女人费劲地挪动身体坐下，微笑着说了声谢谢。这感觉真的奇妙，是一种从未有过的满足。

晚上躺在床上我想起了在车上的那位准妈妈，那种吃力却带着幸福的表情让我想起我亲妈，我想，也许下一次，我会表现得不那么厌恶她。

我知道以前的我太过于在意自己的感受，忽略了别人的感受。

我可以管同学叫亲爱的，却不敢告诉爸爸妈妈我很爱他们。

我不想做雪漫姐说的白眼狼，我相信我不是那么不懂事的孩子。

我会慢慢改变，慢慢地打开自己的世界，成为更好的自己。

我的身上缺了一块，我一直在找。

[装在套子里的女孩]

小飞

女生档案

姓名：小飞
城市：长沙
年龄：17 岁
星座：天秤座
关键词：爱，束缚
个性签名：我的身上缺了一块，我一直在找。

自白

女生故事

我出生在一个幸福之家，家境宽裕，爸妈恩爱。

我奶奶说，当我还是个婴儿的时候，爸爸妈妈就开始计划我的人生了。他们看了很多的育儿书，听了很多专家的课，做了好几本的笔记。这一切都只有一个目的：把我培养成一个有用的人，让我可以光宗耀祖。

为了把我培养成人上人，我爸妈比别的家长要累很多。我从小就被要求坐有坐相，站有站相，吃有吃相，睡有睡相。别的小朋友看电视的时候，我要练字，因为我爸说字是女生的第二张脸；别的小朋友玩耍的时候，我要弹琴，因为他们相信音乐可以让我变得高雅；别的小朋友不小心犯错了被骂两句就过去了，我则要面壁思过至少半小时，腿都站软了还不许哭。我爸说，只有真正吸取教训，将来才能少犯错，少吃亏。

我生性温柔，加上年纪小，完全不知道反抗，觉得只要乖乖听爸妈的话就好了。听话了，就有糖吃，就能得到表扬，日子也平安好过，爸妈也开心快乐。等到懂事那一天，我早就已经习惯听从命令，习惯所有的事都由爸妈来决定。

我家的墙壁上，贴着一个类似于海报的东西，最上面写着两个大字——家规。

家规一共三十条，是我爸爸用钢笔抄的。从我三岁开始，他就一个字一个字地教我背诵这些条条款款，稍记得不牢，手心挨板子是常有的事。那张早就有些褪色的纸成为我家一道独特的风景。每次有亲戚或是朋友来我家做客，他们都会好奇地站在那里读上一会儿，然后称赞我爸妈教子有方。一片赞叹声里，我多半是背着手，站在客厅里微微地笑着，配合地展示着这些规定是如何完美地将我教育成了一个懂事、有礼貌、积极向上的新中国好少年。

我就这样中规中矩地长大。

我还清楚地记得小学毕业前我们班出去春游的那个夏日。在摩天轮上，和我住在一个大院的男生辰铭突然问我："小飞，你爸妈管你那么严，你为什么从来不反抗呢？"

我被他问住了。反抗？我的字典里好像从来没有出现过这两个字。

"为什么要反抗？我爸妈很爱我啊。"我不明白。

辰铭又说："难道你没想过要过自由的生活？"

自由？自由又是什么？

我一直遵循爸妈的意思过着他们为我悉心安排的生活，因为他们是爱我的。爱这件事，本身不应该有什么错吧？为了他们的爱，牺牲点自由又算什么呢？

我一时间想不明白这么深奥的问题。

那天的活动本来下午四点就结束了，但辰铭手上有几张免费的电影票，说是请我们去看电影。我一看时间还早就答应了。看完电影后，我们几个嘻嘻哈哈地走在回家的路上时，辰铭的手机响了，他接了电话之后脸色立马就变了，拉起我就往家的方向跑。我心里咯噔一下，预感到等待着我的将是一场可怕的狂风暴雨。

我们用百米冲刺的速度跑回家，远远地看到楼门口有一个身影。我最先看清楚的是我妈妈那张黑着的脸。她一看到我就把我拽了过去，拉着我踉踉跄跄往楼上走。我回头看了一眼辰铭，他的眼神是担心还是同情，我不懂，也没时间弄懂。

一进家门，我就看见爸爸坐在沙发上。我忐忑不安地站在他面前，不知道怎样开口才好。爸爸一言不发的样子，让我感觉世界末日就要来了。

我知道他们很生气。

“看的什么电影？”我妈问。

那是一部爱情喜剧电影，我当然不敢报名字。

“无知，无耻！”我爸终于骂了这两个词，然后砸了放在他面前的茶杯。

无知的是什么？无耻的又是什么？我真的不知道。我只知道晚饭前，我一直站在贴有家规的那面墙前，反复背诵着："第一条，父母训话时，不准顶嘴。第二条，等父母入座后，才可以开始吃饭。第三条，不得擅自跟朋友出去玩。第四条……第十一条，放学后需在十五分钟之内到家。第十二条，压岁钱必须上交……"

我滚瓜烂熟地背诵着这一条又一条的家规，心里异常平静，没有愤怒，也没有不满，好像一切就该这样一般。不知道过了多久，我妈过来拉我吃饭，我也不肯吃，只是继续背着，像祥林嫂一样。

终于，我妈从后面一把抱住我说："小飞，你要理解爸妈。我们就你一个女儿，万一你出了什么事，爸妈还要不要活呢？"

她的泪水流到我的脖子里，就像他们给我的爱，将鲜活的我一点一点腐蚀。

后来我才知道，因为那天我没有按时回家，爸爸都快疯了，他挨个儿给我们班老师、同学打电话，甚至跑到人家家里去问。那架势，简直跟寻找一个通缉犯没啥两样。

第二天上学的时候，同学们都不敢跟我说话，有的甚至躲我远远的，所有的人都像看怪物一样看着我，对我指指点点。

"没想到她家管得这么严，要是我早就疯了。"

"对啊对啊，真不知道她是怎么长大的。你不知道，我妈说她爸爸闯到我们家来的时候，脸红脖子粗的，不知道的还以为我们家把他家女儿拐卖了呢！"

“咱们还是离她远点吧。”

就这样，我孤单地度过了小学最后那段本该很美好的时光，就连一向热情的辰铭见了我也只是客气地笑笑就不再多话了。

我以优异的成绩考上了我们那里最好的初中。就在我开学的前一个月，我爸妈做出了一个惊人的决定：他们把原来市中心的房子卖掉了，把家搬到了新学校的附近。为此，我爸每天上班路上来回要两个多小时，而我妈干脆辞掉了工作！

用我爸的话来讲，他们这么做的目的只有一个——为我的初中生活保驾护航！

我瞬间觉得，压力又排山倒海地来了。

我妈说：“初中三年是最关键的三年，你放学后回到家里吃得好，睡得好，生活上不受罪，成绩自然也会好！只要你好，爸妈就算再辛苦，也是值得的！”

不知道是不是我爸妈的一片苦心感动了上天，初一和初二，的确是我人生中最风光也最风平浪静的时光。可能是小学基础打得好，再加上我学习习惯不错，又不用像别的同学一样住校那么辛苦，上初中后，我的成绩在班上名列前茅。我当上了班长，在各种大大小小的比赛中拿奖，最给力的一次居然拿到了全市中学生作文大赛的金奖。

我开始变得更自信，性格当中活泼的一面也渐渐地被激发出来。虽然还是得不到爸爸的表扬，但是看得出，他和妈妈都很为我骄傲。如果有亲戚朋友在一起聚个餐什么的，他们也总是不厌其烦地得意地跟人家传授什么育儿经，搞得自己像教育专家一样。他所制定的那些家规，更是成为了“抢手货”，一家复制一份，好像都不够。

搬家以后，家规不再是手写的了，变成了打印的，还增补了好几条。它依然贴在我家客厅最显眼的位置。只是，我不再需要常常背诵它了。

如果日子能一直这么过下去，倒也没什么不好。只是天不遂人愿，上初三后，我们班有好几个男生突然开窍了一般，成绩涨得飞快，我很快就从前三名被挤到了十名之外。我爸和我妈开始着急，认定是我思想上出了什么问题，我妈还非要去学校找老师沟通，说什么要了解了解我的现状。

我坚决不让她去，并承诺一定努力，在下次月考中扳回一局。见我信誓旦旦，我妈才相信了我一回，没跑到学校丢人现眼。老天做证我真的是拼了，走在路上都不忘记背单词，每晚做梦都在做数学试卷，可最后一题总是不会做，醒来时惊得满头大汗。

老天有眼！那次月考，我正好卡在第十名，我妈也就没再说啥。可是有天放学我回到家里，居然发现我妈在我房间里翻来翻去的，不知道在翻什么东西。我问她：“你干吗呢？”她莫名其妙地说：“你自己知道。”

我知道啥呀我知道！

吃饭的时候，她当着我爸的面神色庄重地问我：“小凯是谁？”

“我们班一个男生啊，挺逗的。”我说。

“你们什么关系？”她又问。

“同学关系啊，还能什么关系！”我一直是个大大咧咧的姑娘，和班里的男生关系都处得不错，当时的我，完全没能领会我妈的意思。

那个周末，我和一大群同学一起从学校走出来。他们大都是住校生，只有周末才回家，所以，也只有周末校门口才会显得如此热闹。有个男生走得离我比较近，他推着自行车，后面驮着一只装着脏衣服的大包，包没放好所以掉了下来，正好掉在我脚边，我顺手替他捡起来放了上去。然后他跟我说谢谢，我说不用谢，我们就随便聊了那么两句。就在这时候，不知道我妈突然从哪里蹿了出来，一把抓住那个男生自行车的龙头，大声问他：“你是不是叫小凯？”

那男生吓了一大跳，完全不明白状况，赶紧说：“我不是！”

我当时脑袋嗡嗡地一阵乱响，拼了命拖着我妈离开，谁知道她还不罢休地转过头去冲着人家乱喊：“我警告你，我们家小飞是正经人，你别想打什么坏主意！”

原来，我妈在我抽屉里翻到一张小凯送我的卡片，卡片上面印着这样一行字：“亲爱的，愿成长永远是件幸福的事，愿我们永远在一起。”

天知道，那是在一次叫“送你一张小卡片”的主题班会上，我随机抽到的而已！而且那行字，真的是印的，还不是用手写的，只是字旁边签上了小凯的名字。活动结束后我将它扔在抽屉里，早就不记得了，谁知道它竟然会引发我妈的胡乱猜测！

那些天在我爸妈的眼里，我简直就是一个犯了大罪的犯人，只等着他们寻找到证据就可以将我绳之以法。

也许是怎么看我都不顺眼，他们开始找碴儿。

有一天，我在我妈面前背单词。因为在学校坐了一天，我感觉站着比较舒服就站了起来。我爸不知道哪根神经错乱了，突然就冲我喊道："坐着背。"

"干吗，我站着舒服。"

"坐着背！听见没？"

"不，站着舒服。"我坚持。

"坐着！！"他一边说一边把我往椅子上摁。

面对他的莫名其妙，我也怒了，用力甩开他："就站着！"

"你坐不坐！站着怎么像学习的样子！"

"站着为什么就不像？"我反问。

"你上课能站着吗？再站着背信不信我打你！"

我跟我爸争吵的时候，我妈一语不发，好像就巴不得我爸把我打一顿她才解气。我实在气不过了，怒从胆边生，两把三把就把英语本子给撕了。那个本子上的单词是我妈挑的我不会的那些，抄下来让我背的。见我撕了本子，我爸也怒了，把我撕碎了的本子啪一声甩到我脸上，大声吼我："看来现在不管你是不行了！"

我懒得理他们，钻进自己的房间，用力把门甩上。

很快就听见我爸在外面吼："给我开门！"

我依旧不理。

然后就传来我爸用力捶门的声音。晚上十点多了，我怕被楼上楼下邻居听见，不得已把门拉开了。

他见我开门，像个特工一样飞快地钻进我屋里，只用了几秒钟的时间，就把我的手机（里面没有手机卡，只是当闹钟用的）、台灯、笔记本电脑、手电筒等全都拿走了，连插线板都没给我留。最令我瞠目结舌的是，他不知道从哪里搞来一个工具箱，然后的然后，在我还没反应过来的时候，嗖嗖嗖，嘭嘭嘭——我房间门没了！

“我让你有个性，我让你有秘密，我让你了不起！”我爸一边气喘吁吁地搬着那扇门，一边对着我骂骂咧咧。

那几个晚上，我睡觉连衣服都不敢脱。一个星期后，我爸才把门给我装上，把台灯还给了我。

我承认，那阵子我情绪很不稳定，我变得不爱讲话，逼急了还喜欢声嘶力竭地叫上那么一两声。但与此同时，我突然发现我爸妈不再像前阵子那样逼我了，他们甚至有点怕我的样子。特别是我妈看我的眼神，有点怪怪的。

终于，她对我说：“咱去看看医生吧。妈妈担心你这样，会不会是青少年抑郁症的前兆？”

我在心里骂了句粗话！难怪他俩对我会是这种态度，原来是把我当成病人看了！可是转念一想，就让他们把我当病人好了，说不定看在我病了的分上，从此会对我“手下留情”呢！

于是我很配合地说："好吧，看就看吧，我也不想自己这样。"

第一次去见心理医生，说起来简直像个冷笑话。那个医生是个中年男人，一上来就问我一个莫名其妙的问题："你快乐过吗？"

"也许……有吧。"我说。

我妈在旁边用力捅我的腰，说："什么叫也许有，你回忆一下，小时候我和你爸带你去爬山，吃肯德基，我们还带你去北京看天安门，不都是快乐的吗？"

好吧好吧，我快乐。

"你对和异性接触有没有反感？"

"还好吧！"

"什么还好？"插话的依然是我妈，"我家女儿家教很严，从不跟异性接触！"

我简直不知道是我在看病还是我妈在看病。直到那个医生也受不了了，看她好几眼，她才不好意思地小声对我说："你真是的！你回答，你认真回答。"

回答完问题后，我被带到一个封闭的屋子。这回里面就医生和我两个人，医生要我做测试题，画什么图表。其实，在来看病之前，我已经在网上查过这些东西，题目大差不离。我胡乱答了一气，就选那种最极致的、一看就是有病的答案。我在心里恨恨地想，非得整个重度抑郁出来，看我妈怎么收场！

确实很难收场。

开药的时候，我妈才发现一板药仅十粒，要好几百块，再加上咨询费，不知不觉花掉近两千元。

当时我妈的脸都绿了。

“这病真病不起啊，一周看一次得多少钱啊。”她小声嘀咕。我却有一种莫名的快意涌上心头。

回到家，我妈开始跟我爸一起研究药的功效，看看有没有什么便宜的药可以把这种贵的药替换掉。后来我爸不知道从哪里弄来了一个中医偏方，很便宜，没事他就端着熬好的药蹿到我面前说：“来，喝这个，你妈那个西药副作用太大，我不放心。”

“我这是正规医院专家开的，你那个不知道从哪里弄来的偏方，我才不放心呢！”

这种争吵，差不多每周一到两次。

但自从“得病”以后，我的日子真的好过了许多。我爸妈跟我说话，也变得比从前要小心好几倍。

压力一小，我的成绩又奇迹般地上来了，顺利地考上了本校的高中部。

只是我妈开始变得越发地神经质。有一次，我无意中去看她的电脑，我的妈呀，发现里面全都是有关青少年抑郁症的资料，其中包括治疗方式还有专家电话。并且，她开始花大量的时间去听各种专家的课，开始相信用更“专业”的方式来教育我会起到事半功倍的效果。

她在某专家的课上学会了跟我订“契约”，比如，上网时间平时半小时，周末一小时，假期每天不超过两小时；零花钱每个月多少，我需要洗多少次碗、拖多少次地才能拿全，但是，和长辈吵一次架扣多少，犯一次错扣多少，都列得清清楚楚。她把这些东西都打印下来，落款处的甲方，她填上妈妈。乙方让我签字，我填“女儿”她又不满意，还非要我填自己的名字。

我告诉她，这“契约”不科学，也很山寨。

她不理我，把那些所谓的“契约”贴在醒目的位置，并在我和她发生争执的时候随时拖我过去，说：“瞧，这是我们早订好的，你签字画押的！”

最让我受不了的是，她自己迷恋那些专家也就罢了，竟然还哄我跟她一起去听专家讲座。有一次，我万般无奈跟着她走进一个讲堂，发现黑板上赫然写着这样一行大字：0 ~ 6 岁女孩家长必修课。

不知道我妈她有没有脑子啊，我都高中了呀！可是整堂课她居然听得津津有味。听到激动的时候，还不停地让我记笔记：“记下来，记下来，记下来！”

我找不到地洞钻，只能挺直腰板，拿出笔记本，努力把自己伪装成一岁孩子的家长才算把那堂课硬挺了过去。

不过我也不是完全排斥那些专家的，比如有个专家就讲了一个观点：“女孩子要富着养，将来才不会被穷小子用一块面包就骗走了。”

我妈听完后觉得他讲得特别有道理，所以从那以后，我的零花钱开始成倍地增长，虽然没有达到我们同班同学的平均标准，但是和以前的比起来，我已经很满足了。

上了高中之后，我认识了一个比较胖的女孩，叫小雨，我们成了传说中的闺蜜。她的成绩非常好，在年级里也能排上前三名，所以我妈很高兴我能跟她做好朋友，还常常让我邀请她来家里做客。别看小雨成绩好，她可不是书呆子。小雨还常说，我是她见过的最聪明的女孩。虽然我俩在一起时，总会给人一种智障儿童欢乐多的感觉，但我却非常非常享受。

我开始跟小雨交换心事。像“装病”这样的事，我还是第一次跟外人提起。

小雨瞪大眼睛问我：“药呢？”

“吃了呀。”我说，“我妈每次都盯着，我只能吃。我就想，估计也吃不坏脑子的吧。”

“还吃不坏，已经坏了！”小雨冲着我大吼。

那天，小雨到我家玩，看到了我的家规和那份醒目的“契约”，便问我：“小飞，你喜欢你现在的家吗？”

我想了想，还是用力地点了点头。

“真好。”小雨说，“那你有没有想过有一天，你会离开这个家呢？”

我实话实说：“我不敢想，我怕我爸妈会很难过。”

小雨打开我的抽屉，拿出里面的几板药，想也不想，就给我扔进了垃圾桶。我伸手要去捡，小雨索性一把抢过，从窗口直接扔了出去。

“你干什么呀！”我说，“我妈会疯的！”

“告诉他们，你没病，你是装的，你不用去看心理医生，更不用吃药！”小雨说，“我无意批评你的爸爸妈妈。我只是觉得，你应该要有所觉醒，从你父母为你编织的套子里走出来，呼吸更多的新鲜空气，做一个真实的自己！”

小雨说完这些，我陷入了沉思。

第二天，小雨给我推荐了一本饶雪漫的书。

书中写道：“人生有很多的爱都是为了拼了命在一起，可是有一种爱，从一开始注定是为了分离，那就是你和父母之间的爱。”

读到这一句的时候，我哭了。我知道，我的父母在我的身上倾注了太多的心血。我毫不怀疑他们是爱我的，而且庆幸的是，尽管对他们有所不满，但我对他们的爱只增不减。

或许饶雪漫说得对，我总有一天会离开他们，但是，我承诺，我会一辈子守着他们，照顾他们，让他们安心。不管我将来过什么样的日子，和谁在一起，我希望他们会懂得，给我足够的空间我才有足够的阳光和雨露，我才可以充满自信地从他们用爱给我做成的精致的保护套中走出来，最终长成他们想要的样子。

我把这本书放在了我妈的床头，把那一页折了角，给那句话画上了红线。我还写了一封信，勇敢地承认了我的谎言，希望他们可以原谅我扔掉药片这件事。不管他们是不是能有所改变，从此以后，我将像小雨说的那样走出“套子”，健康成长，自由呼吸，真实生活。我相信，那也会是他们最喜欢的样子。

雪漫印象

整个夏令营，小飞都表现得很好，跟她聊天就像是在听她说相声。说起贴在墙上的“家规”，被拆掉的房间的门，总是被检查的书包，从不认错的妈妈和从不表扬她的爸爸……她眉飞色舞，仿佛讲述的种种都与自己无关，只是一些好玩的故事。

但小飞飞快的语速泄露了她心底的不安，我想她一定是双重性格。

“是这样吗？”我问她。

“你看得真准。”她说，“确实是，我很双面。”

看到小飞的第一眼时，我就觉得这个孩子一定是有故事的。活动的时候，我总是会看到她混在一群人中间，叽叽喳喳，她的笑肆无忌惮，美好得就像一束阳光照得人心里暖洋洋的。

可是每当小飞一个人时，沉默的气息便会笼罩着她整个人，那时的她没有了甜美的笑容，也收起了她那个年纪应该有的聒噪。她叽叽喳喳的外表和甜美的微笑，只是想告诉所有人，她很好，用不着为她担心。

对于“找心理医生看病”这件事，她对我很坦白，承认自己生病确实是装的。那些日子，因为成绩的问题，小飞的确面临着被逼疯的危险。父母的压力扑面而来，她整个人的精神都快要崩溃了，假装生病是她能够想出来的唯一办法。不过，父母带小飞去看心理医生，小飞的心里还是很难过的。让父母担心，不是小飞的初衷。她只是想为自己求得一个稍微宽松的成长环境。怕我误会，在谈话的过程中，小飞一直强调，她并不恨父母，她理解每个人教育孩子的方式不同，她也相信父母是爱自己的。

“如果可以给父母提点要求，你会提什么？”我问她。

“我希望我爸爸能当着我的面表扬我一次。”说到这里，我注意到她的眼眶有一点点红。

“至于我妈，我希望她能少听点讲座，多听点我的话。还有就是，我考上大学后，希望他们不要搬到我读书的地方，让我一个人过过日子。”

“最后，我希望他们身体健康。”小飞说，“雪漫姐，你在我妈眼里是个专家，她最听专家的！要是可以，我很希望你能给我妈妈打个电话，劝劝她，让她更多地相信我，不要那么累。”

我答应了小飞，在电话里我对小飞的妈妈说，不要把自己的孩子当成弱智，与其对她管手管脚，不如教给她一些保护自己的最基本的知识。爱并不是万能的，有时候太过沉重的爱反而会让孩子喘不过气来。如果一味地把孩子困在父母以爱为名的套子里，孩子独立生活和抵抗挫折的能力会越来越差，未必是好事。

小飞的妈妈在电话那头沉默了良久，说：“我只是想她好。”

其实，我知道小飞的妈妈真的很爱小飞，小飞喜欢写作，她很希望小飞将来能当一个作家，也很支持小飞的创作，甚至不顾小飞的反对偷偷将她写的东西拿出去投稿。只是我告诉她的真相对她而言听上去有些残忍——孩子不是你的私有财产，你也不可能陪伴孩子一生，孩子的生活最终还是要由他们自己来选择。

对小飞自己而言，可能她更迫切需要的是学会自我表扬和自我肯定。中国的父母都习惯了夸奖别人的孩子，喜欢用老一套的“激将法”和“打压法”，认定这样会让孩子更争气，殊不知鼓励和肯定其实会对孩子的成长更有作用。如果暂时得不到父母的肯定，自信便是你的人生必修课，肯定自己，相信自己。我还记得小飞的报名信最后是这样写的：我才十六岁，对未来的规划很简单，两年用来做梦，剩下的时间都留给自己去实现梦想。

这是我喜欢看到的小飞。

据我所知，小飞目前学习很认真，课余还一直在坚持写作，而且已经完成了一个长篇，好几个中篇。我相信总有一天，小飞能得到爸爸的一句表扬：“女儿，你真棒！”到那时，那些成长时的狂风暴雨，一定会悄然化作明日的灿烂朝阳。

亲爱的孩子，我和你一起期待。

◉ 小飞

后来

从夏令营回来后，我迈进了高二的生活。

想不到，一晃眼，时间竟过得这么快。高考大军在离我们几丈远的地方驻扎下来，“敌人”已经打到家门口了，可我还在床上躺着，连袜子都没穿。现实总让我措手不及。

小学时我总是想，我十六岁时是什么样？是不是也穿着校服裙，踏着阳光，遇见我生命中最重要的人？

事实上我的十六岁是，穿着不合身的校服外套，一裤子的颜料，满脸的铅笔印，手里拿的不是吃的就是画笔，连课本都很少摸。几个好朋友坐在一起聊天，张口人体比例，闭口颜料配色表。在我们美术生的眼里，街上走的不是人，而是骨头架子；看见的不是脸，而是肌肉剖析图；超市里卖的不是碗碟，而是静物。

这一切和最开始的设定都不一样。

我在不断计划和变化的夹缝中求生存。

高中期间，我结识了生命中第一个男闺蜜，我们俩还是同桌，关系特别好，每次参加完考试，我俩都幻想着毕业旅行去哪，这是我们生活中少有的想起来脸上可以浮现出笑的事情。

“去日本看樱花吧。樱花多好看啊！满树的樱花，还可以在树下喝清酒，看妹子跳舞。”他坐在我旁边，一脸痴痴的表情，将手抬起左右摆动着，每次摆动都停顿一下，嘴里哼哼着《樱花》。

“去英国！英国的街道特别漂亮，那里的人们英语说得很好听，而且吉姆·斯特吉斯就是英国人，六块腹肌！”我挺起肚子给他比画着六块腹肌长什么样。

他皱起眉头，也把肚子挺了起来：“腹肌没什么好看的，我也有！”

“人家是六块腹肌，你是一片腹肌。”我鄙夷地看着他。

“等着吧！等我把腹肌练出来，吓你一跳！”他一脸毅然决然的表情。

“嗯嗯！”我重重地点着头，“就让我孙子辈的来见证你的腹肌吧！”

最后我们决定去海南吃椰子……

上星期我们说毕业去台湾，上上星期说去香港、澳门，上上上星期想去成都。

这些都只是说说而已。

“去哪里，不是我们能决定的；能不能去，也不是我们能决定的。我们只能决定能不能考大学。”我和他互相鼓励。

我会怀念很多年以前还怀揣着简单梦想的自己，但我不得不再次起航，回忆终究不是一个合适的避风港。

其实我很羡慕那些在众人面前侃侃而谈的人，他们的自信让他们闪光。

刚上高中的一个月里，我和同学说话都会脸红。每每被安排上台唱歌、发言，我都很紧张。一站到台上就像是喝醉了一样，要么语无伦次，要么疯疯癫癫。

记得一本书上说过，在罗马，人们认定美女的标准是，开朗的笑容和直率的性格。

我十四岁生日时，妈妈因为回老家没有和我一起过生日，爸爸给我做了一桌菜。吃饭时，奶奶告诉我，桌上这四五个菜，一半都不是父亲做的，除了那没有味道的咸水鸭和硬邦邦的馒头，但我还是很开心。正当我沉浸在当寿星的幸福中时，爷爷对我说了一句让我终生难忘的话：“你辜负了所有人对你的希望。”

从听见这句话开始，我就变得缩头缩尾，我开始害怕别人对我抱有希望。每次上台看见台下人期望的眼神，我都觉得很对不起他们。

虽然到现在为止，我还在怀疑这句话的真实性。我真的听到过这句话吗？我真的辜负了别人对我的希望吗？别人希望我怎样，好好学习，还是安心写文章？

夏令营时，雪漫姐对我说：“要努力让自己变成一个明媚的女孩。”于是，我开始尝试让自己做一些改变：想哭就哭，想笑就笑，做真实的自己。这就是我，无论别人怎么看，都是我。

我一遍遍强调给自己听：其实我很优秀，我可以做得更好，我过得很幸福。

慢慢地，我懂得幸福只是一种心态，用自己喜欢的态度做对的事情。那句“我很好”，也不再是搪塞别人的话，而是我真实的状态。

我曾以为自己一直行走在沙漠中，回头看时才发现，绿洲就在我身后，和我只有一步之遥。我们差的只是一个回眸，回眸后就不用孤芳自赏了。我们差的只是一份勇气，坚强后就不必怯懦徘徊了。我们差的只是一句表白，说出来就可以接受新的自己了。

岁月不会因为我们的错过而停留，我们只能向前走。

被现实的枷锁捆绑住的梦想可以再次点燃，只要我们愿意。我们可以搁浅，可以忘记，可以重生，父母和青春不会因为我们犯过错就抛弃我们。没有谁可以打败一颗强大的内心，使它土崩瓦解的只有放弃和自卑。

我的生活是千万个梦中最平淡的那一个，我的梦是无数个现实所累积出的最华丽的那一个。记得《云图》中有一句话：“故事还没有结束，不过我不再孤独。”

青春待续，在那个夏天，我们共同翻过了被岁月斑驳的一页。

谁人亦试过心酸，
酸到发觉良辰都苦短。

[爱的发声练习]

筱晓

女生档案

姓名：筱晓
城市：武汉
年龄：16 岁
星座：水瓶座
关键词：爱，寻找
个性签名：谁人亦试过心酸，酸到发觉良辰都苦短。

自白

女生故事

我妈妈是个人间极品。

在“极品”这个词语还没有走红之前，我习惯称她为“神经病”。

一个星期有七天，她用三天来怀疑我爸在外面有女人，三天来管我，然后用剩下的一天来折磨自己。比如，不吃不喝，或者穿着睡衣坐在冰凉的阳台上发几小时的呆。

不管我妈怎么样，我爸都很少管她，吃完饭就回房间看电视。他们两人在外人面前都客客气气，相敬如宾，但在家里常常好几天都不说一句话。后来我在网上看到一个词，觉得用来形容他们的关系最合适不过，那就是——冷暴力。

生活在这个冷冰冰的家，我内心一直有个不可告人的秘密，就是——我希望他们能离婚。都说强扭的瓜不甜，我实在不明白到底是什么原因让他俩非得这么别扭地生活在一起，而我，他们爱情的结晶，注定是一个牺牲品。

孤独寂寞的时候，我最好的朋友是音乐。

从八岁起，我就开始学习钢琴。在学琴这件事上，我确实挺有天赋，别人一首曲子要练两星期，我只要花三天。

这样说来，我好像还挺喜欢弹琴的。不过，即便是不喜欢，我也不会反对。因为我知道，这是他们对我的安排。

可能是从小没有安全感的原因，我热衷于在父母面前扮演一个乖乖女的角色，好让自己显得纯真乖巧，一切如他们所愿。这怨不得我，我纯粹是被逼的。在这个家里，谁都是演员，而我显然不是最出色的那一个。

我的同桌圆圆是个跟我完全不同的女生，她新潮、时尚、叛逆，她是我们全年级第一个敢穿高跟鞋上学的女生。关于她，最经典的段子是：体育课百米短跑测试，她老过不了关，后来她一生气，索性穿高跟鞋跑，结果一次就过！

听说她在外面路子很野，没有搞不定的事。我对她谈不上喜欢，也谈不上不喜欢。上课的时候，她喜欢偷偷发短信，有时候会忍不住笑出来。有一次差点被老师发现，她顺手就将手机扔到了我的课桌抽屉里。

我当然不会告密，我不是这样的人。

那天最后一节课是体育课，在操场上做预备操时她忽然拍了拍我的肩，对我说：“带你去个好玩的地方，感不感兴趣？”

我下意识地摇头。

“等会儿我假装生病，你跟老师请假送我回家好不好？你是好学生，他绝对不会怀疑你。我有急事，必须得出去，帮帮我。”她双手合十，抿嘴可怜兮兮地看着我。

我犹豫了几秒，实在经不住她的恳求，只好硬着头皮说好。

果然，面对我这个“好学生”，老师没有丝毫怀疑地给我们签了假条。

走出学校，圆圆问我：“你现在去哪里？”

“回家啊。”我说。

“你妈问你为什么这么早回家，你怎么回答她？”

我很少撒谎，一时还真是答不出。

圆圆说：“看你这么好心，谢你一下。你不是喜欢唱歌吗，我带你去个地方，那里的主唱唱得超好！”

鬼使神差地，我竟然点了头。

圆圆带我去了一家新开的酒吧。那以后，我开始相信“一念之差”这个词。我总是想，如果那天我没有跟她走，也许我就不会成为现在的我。

那是我第一次去这种地方，很拘束。而圆圆却如鱼得水，拉着我像鱼一样钻进人群里。酒吧的中央有乐队在表演，我费劲地挤到前面，第一眼就看见了席城。

不用怀疑，席城是那种走到哪里都吸引一大票目光的人。他是乐队的主唱，染了一头帅气的银发，长得就像是从漫画里走出来的。我从看他第一眼起就被他深深吸引住了，特别是当他站在舞台上激情四射地歌唱时，我感觉他就像国王一样掌控着整个舞台以及台下的观众。

这还是我第一次看乐队现场演出，真带劲！

让我惊喜的是，圆圆竟然认识他！表演结束后，圆圆把我拉过去和他们一起喝酒。其实我不会喝酒，但是为了近距离和席城接触，我还是去了。和我们同桌的还有一个男的，他总有意无意地灌我酒，还硬拉着我玩骰子，我一直输，只好不停地喝酒，脑子已经开始犯晕。

坐在旁边抽烟的席城忽然开口说："小妹妹少喝点。"

说完，他一把夺过我的酒杯，仰头将我剩下的酒一饮而尽，然后对那男的说道："今天就这样，别玩过了。"

中途我去洗手间，出来时看到席城靠着吧台抽烟，我鼓足勇气，走上前向他道谢。

"没什么，"他说，"你是第一次来这种地方吧？"

我紧张极了，席城那张帅气逼人的脸近在咫尺，我想说点话掩饰自己的窘态，谁知一开口就问了个特傻的问题："你也认识圆圆？"

他回答说："她是我干妹妹。"

在我们学校有句戏言，"认兄认妹，认成一对"。原来他们俩关系不一般，难怪圆圆假装生病也要来这里找他。

"你多大了？"他继续问。

“十六。”

我想了想，补充道：“再过三天就十六岁了。”

他抽完最后一口烟，把烟头扔进酒杯里，站起来说：“那你别走，一会儿我送你首歌，当生日礼物吧。”

重回舞台的席城唱了首安静的英文歌，那首歌是我非常非常喜欢的绿日乐队的 *Wake Me Up When September Ends*。

周围漆黑一片，只有一束灯光笼罩着他，他的脸在光与影的交织下显得更加英俊，台下的人听得如痴如醉。

不过只有我知道，那首歌，是属于我的。

那天回家，我躲在被窝里，戴着耳机一遍又一遍地听这首 *Wake Me Up When September Ends*。回想着席城唱歌时深情款款的模样，我觉得自己的心像是被一根蘸了蜜的羽毛轻轻拂过，又甜又痒。

这就是初恋的感觉吧，什么都没开始，却早在心里和他经历了万水千山。

从那之后，我一有时间就偷偷跑到酒吧去看席城表演。有时候是他请我喝酒，有时候是我请他。渐渐地，我们也熟了，我知道他是附近一所大专学校的学生，兼职在酒吧驻唱。我也不知道自己哪来的熊心豹子胆去接近这么一个“危险分子”，要是被我妈知道，她一定气得七窍生烟。这只能是我的秘密。

回想起来，我们认识不到半个月，席城就提出跟我交往。

“其实我对你一见钟情。”他说。

我吓得手足无措，觉得幸福来得太突然了，简直不真实。

“可是圆圆怎么办？”我慌乱地说。

“什么怎么办？她只是我妹妹。”

“她喜欢你。”女人的直觉是很灵的，虽然圆圆没有向席城表白，但我可以百分之百地肯定。

“但我只喜欢你。”席城一把将我搂进怀里。全世界的光突然熄灭了，又瞬间都亮了起来，我整个人都罩在光环里，从未有过的幸福感将我的理智淹没。

我问他：“要是我们在一起了，你还会唱歌给我听吗？”

“你想听什么我唱什么！”他说。

“那你，会不会有时间陪我说话？”

他一定不明白我为什么会这么问，但他还是认真地回答我说：“你想说多久咱们说多久。”

“可是他们说，两个人爱久了，就会变朋友，再久一点，就会连朋友都不是，只是一个伴儿。会这样吗？”

“都是哪里听来的傻话！”他捏捏我的脸。

我和席城在一起的消息很快传到圆圆耳朵里，她二话没说，当着全班人的面一把抓住我的衣领咆哮道：“枉我对你这么好！你竟然抢我的男人！”

她骂得铿锵有力，但我并不会放在心上。她的长相跟我比起来根本不是一个级别的，席城会喜欢她才怪。

我以为她出气后会放过我，可我想得太简单了，圆圆开始变本加厉，用尽一切办法羞辱我。

我登录自己的QQ，发现空间里面竟然多了二百多条留言，打开一看，全是些不堪入目的辱骂。她还在我们学校的贴吧里把我的照片附上名字到处上传，还发动其他同学整我——偷我的东西，撕烂我的作业，弄坏我的椅子，甚至趁我去厕所时用拖把抵住门不准我出来。

我躲在厕所里，外面传来圆圆不屑的声音："敢跟我抢男人，你配吗？你连跟我玩的资格都没有。"

什么叫资格？我不屑地想，拿点能跟我竞争的东西出来说事呀！

不过，恋爱始终是一件伤神的事，我在上面花的心思太多，成绩也直线下降，期中考试名次下滑了二十多名。我妈拿着成绩单对我大声吼："你怎么这么不争气！妈妈这么爱你，你就是这样报答我的？养你有什么用，简直是个废物！"

我觉得压抑极了，在学校要忍气吞声，在家也要忍气吞声，我满肚子的委屈能向谁说？我哭着说："妈，我压力好大。"

"压力？又不让你挣钱养家，你能有什么压力？你们钢琴老师也说你最近明显退步，我告诉你，要是这次九级没考过，扣你半年零花钱。"

她留下这句话摔门而出，我坐在地板上哭得绝望。我的妈妈从来都只关注我的成绩，除此之外，她什么都看不到，她不会在意我的喜怒哀乐。虽然她整天口口声声说爱我，但我根本感觉不到一丁点儿她的爱。

现在全世界只剩下席城在乎我，也只有在他那里，我才能体会被爱的滋味。

七夕情人节那天，酒吧里气氛特别火爆。席城唱到高潮处，突然把我拉上台，当着台下一百多个人的面搂着我的腰对我深情一吻。舞台下炸开了锅，我什么都听不到了，整个世界好像只剩下我与他两人。

那天我们玩到很晚，散场时他在我耳边说："今晚别回去了。"

不容我拒绝，他已经对出租车司机报了他家地址。我们很快到了他家，我紧张得无法呼吸，我当然知道接下来会发生什么，脑子里面一片混沌。等我回过神来时，席城已经开始解我衣服的扣子，他冰凉的手指让我浑身打了个冷颤，我一瞬间清醒过来。

"不行！"

我推开他，手忙脚乱地扣好扣子。

"有什么不行，你是我的女人。"

他又上前一步，我吓得尖叫着抱紧自己："对不起，真的不行，我要回家。"

我跌跌撞撞地推门而出。坐在回家的出租车上，我越想越后怕。圆圆说得没错，我没资格玩他们的游戏，我们根本不是一类人。拖着惊魂未定的身子回到家，我妈面色铁青地坐在客厅，我当然知道她不会轻易放过我，于是编了个理由说在钢琴老师家练琴。她倒也没怀疑，还说马上要考级了，多练习是好事。

第二天，席城找到我对我说：“对不起，昨天是我太心急了，但也是因为我太爱你。”

我以为我们完了，没想到他竟然主动向我道歉，我感动得无以复加，扑倒在他怀里。

接下来的日子里，席城对我千依百顺，简直好到让我受宠若惊。一天，他照例放学后来接我，我问他去哪，他神神秘秘地说：“你上次不是嫌我太心急吗？今天我带你去个气氛好的地方。”

我一时没听懂他的话，我想说明天就是我考级的日子，今天不能玩太晚。但是看他一脸兴奋的样子，我又不好意思扫他的兴，于是半推半就地跟他走了。

席城带我去了一家五星级酒店的西餐厅。一顿饭吃了将近八百块，我心疼死了，他却笑着说：“为了你，一切都值得。”那一刻我觉得特别幸福，我妈也常说“我付出都是为了你”，可她让我觉得有压力，而席城的付出却让人觉得甜蜜，我觉得这才是真正的爱。

吃完西餐，席城又带我去了酒店的酒廊，亲手调鸡尾酒给我喝。很多种类型的鸡尾酒，我一样喝了一点，也许是喝得太杂，没多久我就彻底醉了。我最后的记忆是席城抱着我走进一间房。

等我醒来时，已经将近十二点钟了，我连忙打车回家。还好之前打过电话，我妈一直以为我在练琴。我妈替我开了门，看我非常疲倦的样子，她也没说什么，吩咐我赶紧洗澡睡觉，争取第二天考级顺利通过。

然而，我却失眠了一整夜。

我知道，我再也不是从前那个完整的我了。我交出了自己，谈不上是心甘情愿。不知道为什么，我有一种被骗的感觉，这让我非常不舒服。其实更让我不舒服的，是他的理所当然。

当我起身穿上衣服的时候，他还在蒙头大睡，完全不知道我离开。

难道这就是爱？

原来爱情走到极致，真的会滋生出很多的不美好。

第二天的考级当然是没过。钢琴老师给我妈打电话，说我太懒，不好好练。我知道再也瞒不住了。回到家我妈就开始发飙："你给我跪下！你前一天明明没有去练琴，还骗我！你到底去哪了！"

我不敢告诉她席城的事，只好撒谎说给一个同学过生日。

她愤怒地从柜子里拿了个衣架，扬起手朝我的背狠狠抽下去。我尖叫着，疼得眼泪直掉，简直就要晕过去。虽然她一向管我很严，但这是她第一次下这么狠的手，连我爸都看不下去了，出来劝说："够了，你要把她打死吗？"

"闭嘴！你们两个，老的骗我，小的也骗我！"

"我什么时候骗你了？"

"你跟别人厮混的时候骗我还少了？"

"你脑子坏了，在孩子面前胡说八道什么！"

我妈抄起衣架顺手朝我爸挥去，我爸抬起手臂挡住了。他力气大了些，我妈一脚没站稳摔倒在地。我爸摔门而去，我妈捡起家里唯一一个完好的杯子，砸在门上。然后，她走进卧室嘭的一声关上门，当晚再也没出来。

我跪在地上，双腿早就已经麻木。这么多年，他们终于吵了一架，还是因为我。我不知道我该怎么办，也不知道他们该怎么办。哭成了我唯一能做的事，看着战场一样的客厅，我觉得自己就像刚刚被她砸碎的最后一个杯子，支离破碎，再也拼不完整。

没过几天，我就知道席城和圆圆好上了。圆圆在自习课的时候把她手机里席城发给她的短信展示给我看，上面写着：你们班那个妞太无趣了，还是你比她有味道得多。

“你还真以为自己是天仙吗？”圆圆说。

我的初恋，是这样一败涂地。

那以后，我真的再也没有见过席城。但是，我发现我对学习也完全失去了兴趣，成绩开始越来越差。实在闷得慌的时候，我会偷偷跑到 KTV 去开个房间，一个人唱一下午的歌，喝掉很多的啤酒，再昏昏沉沉地回到学校。当我不顾一切放声高歌的时候，我会流泪，只是我的眼泪，只属于那个昏暗的属于我一个人的 KTV 包间，没有任何人可以看得到。

高一那年暑假，见我始终情绪低落，我妈把我送到了小姨家。小姨家住在海边，那里风景优美、空气清新，算得上是个好地方。小姨比我妈年轻十岁，她喜欢香水、鲜花等一切有情调的东西，跟我说话也总是轻言细语，温柔有加，令我心生崇拜。真不明白我妈跟她一娘所生，为什么差别会这么大！

小姨开了一家花店，白天的时候，我常常去店里帮她。慢慢地，我也学会了插花，了解了各种花语。小姨总夸我聪明、漂亮，说我将来一定会有出息，不像我妈，有事没事只喜欢打击我。出于对她的信任，某天晚上，我终于将自己埋藏在心里不敢跟任何人提起的那个秘密告诉了她，关于我和席城的故事。

"真傻。"她摸着我的头说，"以后一定要学会保护自己，知道吗？"

我埋在小姨的怀里，痛哭失声。

本以为卸下了包袱就能轻装前行，令我万万没想到的是，第二天一早，我妈就坐飞机匆匆忙忙地赶到了小姨家，进门刚放下行李，就命令小姨开车带我去医院检查。

我质问小姨为什么要泄密，谁知道她理直气壮地回答我："作为你的妈妈，难道她不应该了解真相吗？"

我张着嘴，半天说不出一句话来，我对大人真是彻底地失望了。

那两天，我顺从地在医院里接受了一系列的检查，接受了我妈的数落，接受了医生护士们充满意味的询问以及各种异样的目光，也接受了我小姨的背叛。

筱晓，我对自己说，吃一堑，长一智。

这是你活该。

回去的飞机上，我没有跟我妈讲一句话。在她的眼里，我感觉自己已经变成一个妓女，好像她多看我一眼，也是脏了她的眼睛。

“不知羞耻”是她那些天对着我使用频率最高的一个词。

高二时，由于成绩一直上不去，我选择当艺术生。我妈给我换了一所学校，开始寄宿。

课程并不轻松，除了练钢琴外，每天还要学习声乐。我们的声乐老师很年轻，第一天上课时，他走上讲台自我介绍，短短一句话，迷倒一大片。他说 :“大家好，我是你们的声乐老师，我姓王。”

他的声音富有磁性，像深夜电台里的男 DJ，听得我们都醉了。他二十五岁，高大帅气，国外学成归来。我们全班女生都暗恋他，到了晚上，女生寝室卧谈的话题全是他。每当这个时候，我都假装睡觉，不参与她们的谈话。

实际上，我的寄宿生活过得并不顺利。也许因为我是插班生，我一直无法融入她们，她们有各自的小团体，根本容不下我。我孤独地坐在教室的最后一排，一天也说不上三句话。寝室里的气氛也非常奇怪，常常是她们在里面欢声笑语，只要我一进去，她们就不再说话了。

渐渐地，我变得沉默寡言，每天自虐一样在自习室看书看到很晚，一回寝室倒头就睡。没有朋友，我只有拼命学习，以此来消解内心巨大的孤独。有时候，一个人坐在空荡荡的自习室里，我对着试题写着写着突然就哭了出来。

一天中午，我正一个人在教室背英语，突然，我感觉进来了一个人，抬头一看，吓得书都掉了，竟然是王老师！

他微笑着帮我把书捡起来，坐到我身边与我闲聊起来。我正狐疑他为什么会跑来跟我聊天，他却神神秘秘地对我说："我想拜托你一件事。"

我满脸疑惑地看着他。

"你可以做我的课代表吗？"

虽然不知道他葫芦里卖的什么药，但面对大帅哥的请求，我还是答应了。从那天起，我成为声乐课代表，每天负责收发作业，他有时候来得晚，我就带着全班先进行发声练习。久而久之，同学们也跟我熟识起来，我的生活也一点一点发生了改变。后来我才知道，是我的独来独往引起了王老师的注意，他察觉到了我被孤立，所以想了这个办法，希望我能融入班集体。

我变得开朗起来，面对王老师也不再那么拘谨了。那一年元旦会演，我代表我们班去唱了一首歌《青藏高原》，拿了金奖。我能拿到这个奖，王老师对我的辅导功不可没，更重要的是，我又开始有了一些自信。

班里有男生给我写求爱信，我没有搭理。偏偏王老师也看见了那封信，他开始跟我探讨关于爱情的问题。我向他诉说了我那个没有爱的家庭，以及我那三天也没有一句对话的爸爸妈妈。只是，我不会再傻到去提那个埋在我内心深处很久很久的秘密了。

"我觉得他们真的很奇怪，明明都恨透了对方，为什么不离婚呢？”

“不要用上一辈的错来惩罚你自己。”王老师说，“筱晓，像你这么聪明美丽的女生，要拥有自己的生活才对。”

我问他：“老师，什么叫自己的生活？我好像从来都没有想过。”

“有一天，你会离开你的家，离开你的爸爸妈妈，你要结婚，要生孩子，要拥有自己的新家，你得和你的先生相亲相爱，做一个合格的妈妈，让自己的小孩在幸福快乐的环境里长大，不重复和你父母一样的人生，你说对不对？”

我似懂非懂地点点头。

他用那封信拍拍我的头说：“你还小，将来等你爱上一个人的时候就会懂了。至于这封情书，也不要丢了，以后会是美好的回忆。”

我们全班都觉得像王老师这样的好男人，必须是白富美才配得上他，结果他女朋友让我们大跌眼镜——个子矮矮的，长得一般，在一家小公司做文员，连名字都那么大众，叫刘红，简直是个平凡得不能再平凡的路人甲。

“这也太一般了吧！一朵鲜花插在了牛粪上。”

我们班同学议论纷纷：“刘红肯定给王老师下了蛊，否则不管从哪个角度分析，王老师都不可能看上这种路人甲。”

虽然表面没怎么表露，可我心里跟其他人想的一样：为什么好白菜都让猪给拱了？可王老师就跟被猪油蒙了心一样，对她死心塌地，据说还打算买房子明年结婚。

我心里隐隐泛起一股酸味。是的，我内心对他充满了感激，可是，每当与他独处时雀跃的心跳，见不到他就心神不定的样子都提醒着我，我对他的感情除了感激和崇拜，还有一丝爱慕。

这份爱来得突然，我简直猝不及防。我开始了自己患得患失的暗恋，我把每天和他说过的话都记在本子上，没事的时候就拿出来一边看一边傻笑；我每天都找一大堆问题去问他，上课的时候故意发错音，就为了让他给我单独指导；放学后他和学生打篮球，不管操场上有多少人，我都能第一眼就找到他；只要看到他和别的女生说话我就嫉妒得发狂，气得不理他，可他好像一点没发现我在生气，最后还是我忍不住，又抱着题目主动去找他。

只是，他对所有的学生都很好。很快我就失落地发现，他根本不知道我喜欢他。就在我几乎要放弃的时候，发生了一件事让我重新燃起了希望。

那天晚上我折回教室取本子，发现我们教室竟然开着灯，走进去一看，王老师伏在课桌上写教案。见我进来，他笑着解释说办公室的门锁了。

这本没什么大不了的，可就在我离开的时候，却发现了一件事情：他坐的竟然是我的座位！我激动得彻夜不眠，脑子里想的全是王老师。我觉得他肯定是对我也有意思，至少在他心里，我跟其他学生不一样，否则全班这么多个位置，他为什么独独坐了我的那一个？想到了这一点，我荒芜的心一下子又充满了希望。

可是，对于他的女朋友刘红，我依然耿耿于怀，这个女人配不上王老师，我一定要想办法拆散他们！就算卑鄙又怎么样呢？那些曾经对我卑鄙过的人，不是都得到了他们最终想得到的一切吗？

就这样，一条诡计在我心中暗暗酝酿起来。

有一次，趁着王老师不注意，我偷看他的手机，查到了刘红的电话号码。然后，我买了一张电话卡，给刘红的手机发了条短信，只有一行字：你男朋友另结新欢了。

我紧张到无法呼吸，眼睛死死盯着手机屏幕。果然，过了几分钟刘红打电话过来，我挂了之后又发了一条过去：别说我没告诉你，对方是他的学生。

发完这条信息，我立刻关机，握着手机美美地睡了一觉。从那天起，我隔三岔五就给刘红发短信，告诉她王老师已经背叛了她。女人都多疑，何况她交了个这么优秀的男朋友，一定更没安全感。我就不信她不去和王老师闹，这一招叫“攻心为上”。

一天上课，同学八卦地说刘红来了，我预感自己的计谋成功了，于是随便找了个借口去找王老师。刚到办公室门口，我就看见刘红气冲冲地推门而出，正好撞上我，她看我的表情简直像是要吃人。

她走后，我装模作样地问王老师发生了什么。王老师颓然地坐在椅子上，他的样子看起来疲惫极了。

“最近总有一个人给她发骚扰短信，也不知道是谁这么无聊。”

我故意说：“你每天工作这么累，刘红姐姐不体谅你就算了，还这么不信任你。”

他听了没再说话。

自从这件事后，刘红就不经常来学校了。听说他们在冷战，我暗暗得意，决定再来一击，让他们彻底分手。

我选了个下着暴雨的晚上，冲进雨里让自己淋成了落汤鸡，然后直接去敲王老师宿舍的门。

“你怎么弄成这样了？”他赶紧找了条毛巾给我擦头发。

“老师，能不能让我在你这里洗个澡？我们女生宿舍的澡堂锅炉坏了。”

王老师明显犹豫了一下。我打了个大大的喷嚏，楚楚可怜地看着他，最后他心一软，答应了。

我在浴室里磨蹭了二十分钟，出来的时候，只穿了一件大T恤遮住大腿。王老师好像尴尬极了，我却假装不以为意，瞪着无辜的大眼睛看他。

他给我泡了杯茶暖手，嘱咐我早点回宿舍睡觉，而我“不小心”将茶杯打翻，滚烫的茶水溅到我的手和腿上，疼得我尖叫一声。王老师赶紧找纸给我擦，而我趁机握住他的手并放在我的大腿上，我们的姿势暧昧极了。就在这一刻，门突然打开了，刘红从天而降，就是这么巧，她看到了这一幕。

刘红哭着将手机摔到王老师身上说：“我亲眼看见了，你还有什么好解释的！分手！”

说完，她哭着跑了，而王老师呆呆地看着她的背影，好半天都没回过神。是的，一切都在我的计划之中。半小时前，我发短信给刘红，让她赶到王老师的宿舍，告诉她“有好戏看”。

王老师紧紧握着拳头，我能感觉到他身上的怒气，然后他弯腰捡起了刘红的手机。在我意识到他要做什么的时候，我脑子里嗡的一声像被人拍了一巴掌，我觉得自己完蛋了！我犯了个致命的错误！出来的时候太着急，我给刘红发完短信后竟然忘记换掉手机卡了！更糟糕的是，手机就放在刚刚洗完澡换下的牛仔裤的口袋里，而那条牛仔裤此时就放在王老师身后的沙发上。

王老师回拨了那个号码，一秒钟后，手机铃声回荡在客厅里……

王老师不可置信地看着我，我也慌了，我想为自己辩解，张着嘴却说不出一个字。

“邱筱晓，我一直以为你是个单纯的姑娘，你的行为简直是太卑鄙了！”

我知道他是要去追刘红，我的眼泪溢出眼眶，哭着对他大喊：“王老师，我爱你！”

他冷冷看我一眼，对我说：“你不爱我，你根本不懂什么是爱。”

说完，他头也不回地走了。

一个月后，王老师和刘红就结婚了。我后来听说，刘红是王老师的高中同学，在王老师穷得叮当响的时候就跟着他，还一直打零工赚钱支持王老师在国外学音乐。我才明白就算她再普通，王老师也会为了感恩拼命去爱她。没多久，王老师就辞职了，听说是和刘红一起开了一间属于他们自己的乐器行。

这一次，我丢失的不仅仅是爱情。

但是，不再和他朝夕相对，对我而言，并不是一件坏事。

新年快到的时候，我爸出了一场车祸。接到我妈电话，我匆忙赶到医院，当时我爸还在急救室，我妈坐在外面默默流泪。

“我爸怎么样了？”我抓住我妈问。

我妈抬起头来，用血红的眼睛看着我，是那样地六神无主，让我恐慌。

好在我爸只是伤了腿和手臂，没啥大碍，医生说养养就能好。

夜里我们守在我爸的病床前，我妈细心地帮他整理床铺，眼神里流露出我从未见过的神情，她是那样温柔、体贴。

走出病房，我终于问出了压抑在心里多年的问题。

“妈，你爱我爸吗？”

她有点吃惊：“干吗问这个？”

“你们是不是出了什么问题？”

“是出过。”我妈说，“不过都过去了。就像你一直以为，你可以不需要某一个人，但当你要失去的时候，你才会觉得，他已经成为你不能缺少的一部分，就像眼睛、嘴巴，或者四肢，少任何一样，都是残缺的。”

原来他们不肯离婚，是因为他们还在相爱。

我忽然有一种天翻地覆的感觉，就像我十六年来都在练习同一首曲子，我早已熟稔于心，可是忽然有一天，有人告诉我说琴谱是错的，也就是说我从一开始就错了。这太荒谬了，不是吗？

也许王老师说得对，我真的不懂什么是爱。我看到的，触摸到的，一直都是爱的肤浅的表面。曾经的自以为是，曾经的天真可笑，都是经验和教训。幸运的是，我还小，应该还有机会重新开始爱的发声练习。而爱的路千万里，不管将来遇到对的人还是错的人，我想我都会坚定地走下去。

雪漫印象

我是在夏令营开幕式上就开始注意筱晓的。

她代表营员发言，普通话标准，嗓音甜美，举止优雅自信，令人无可挑剔。之后好几次集体活动，她都是众人瞩目的焦点，俨然成为夏令营里一个小小的发光体。

可是四下无人的时候，她又总是安静地一个人待着，表情有些冷漠，好像总是在刻意保持与别人的距离，让人很难靠近。

直觉告诉我，筱晓是一个看似外向，但并不会轻易表达自己内心世界的女孩。在她的身上，应该发生过与众不同的故事。

果不其然，跟我谈到她的师生恋的时候，她狡猾地笑了一下，说："你肯定是反对的吧？"所以你们刚刚读完的这个故事的版本，我的确是做了些修改的。

"可以接受这种修改。"她说，"我懂，你要引导读者。"

她的笑容很自信，好像一切了然于心。

“你对自己满意吗？”我问。

“满意呀。”

“一直是这样？”

“不是一直。但后来我对自己说，如果自己都不满意自己，还能指望谁满意呢？”

筱晓学的是音乐专业，唱歌也很好听。闭营仪式上，她当着快乐女生黄英的面唱了一首歌。因为有点紧张，又是清唱，所以没有在 KTV 里发挥得好。黄英对她说：“如果一定要走专业歌手这条路，我觉得你还是应该请专业老师多上上课。”

这个评价让筱晓有点不快乐。

跟我聊天的时候，她一反常态地不自信，后来她说：“其实我也不是想当什么专业歌手，我就是喜欢唱歌而已。”

“你是不是很怕失败？”我问她。

她不回答，但看上去就要哭了。

“其实没关系。”我说，“我的意思是，当你发现你自己没有你想象中那么好的时候，其实真的没关系。很多时候，实话比恭维更令你进步。”

“好吧。”她问，“那你说实话，你看好我的爱情吗？”

我摇摇头。

“那你的建议是？”

“废话，当然是分手啦。”我说。

她颇有不甘地撇撇嘴说："或许你会失望哦。我还是想坚持下去。"

回去后，她给我发来很长的短信，上面写着："看到夏令营每个姑娘都在努力，我觉得我也要再努力一些，回报你们给我的温暖。感谢这次夏令营，让我感觉世界还是温暖多一些。我还是想当歌手，我去找合适的老师了。"

我加了她的微信，她常发一些图片，说一些心情，偶尔骂一骂脏话。从那些文字和照片中我看到的是还算开心的筱晓。我关注她的动态，但从不发声。

某天，她删掉了她微信朋友圈里的所有东西，我知道她一定是遇到了什么事情。果不其然，没多久，她就告诉我说："雪漫姐，你赢了，我们分手了。他很快就有了新的开始，我觉得我被耍了。我很后悔没有听你的话。"

这个结果，比我预想的来得稍微早了一些，但对筱晓来说，也实属庆幸。

我最想对筱晓说的是，也许这个世界不够美好，比如欺骗你的席城，背叛你的小姨，比如那个爱上别的姑娘的老师。当你埋怨你付出所有的信任却发现得不到应有的回报时，你是否想过，是自己的自我保护意识不够呢？

对女孩子而言，人生中重要的一课是学会自爱。我说的这个自爱包括珍惜自己、了解自己、保护自己。千万不能明明知道是错，却还是不撞南墙绝不回头。非要到了撞得头破血流那一天，才肯承认："哦，原来我是错的。"

何苦？

不管怎么样，我很高兴筱晓能将我说的这句话作为她的个性签名：只要你还有爱人的能力，你就拥有爱的一万种可能。

爱的发声练习，让我们正式开始。

◉ 筱晓

后来

从北京回来的路上一切仿佛如此地不真实。

回家前的那个晚上，我打了电话给我妈，长时间的沉默让我有些不习惯。很久很久以后，我吐出了三个字："我爱你。"

我不知道电话那头的她听到了会是怎样的心情。但我说出来的时候就好像卸下了许多年的包袱，在轻松之余又有一种深深的内疚。从小到大，我与她就像两只刺猬，拿彼此最尖锐的刺去挑对方的痛处，彼此伤害却又彼此深爱。我们都找不到一个合适的方式去理解包容对方。只要我轻轻对她说几句话，其实她就会满心欢喜；我不去夜店不抽烟不喝酒，她就会开心得要把全世界都捧到我面前；吃好的东西，买好的衣服首饰，她从未苛求过我；成才，或者成人，她只想我做她的好女儿，仅此而已。

我开始渐渐戒掉许多不好的习惯，不再强迫自己去想曾经受过的伤、吃过的苦、流过的泪，不再要求自己被回忆捆绑着不愿走出来。我不是一个人，夏令营里，也许我们都曾有过相同的悲伤，仿佛是彼此的影子，照射出心里最阴暗的一面，但是我们还是彼此伸手拥抱了光明。所有的笑、闹、泪、痛，一点一点融进我身体里，刻在我心里。这一切让我知道，喔，其实你并不是不好，其实你并不是一个人。

我开始坚持一些东西，比如学习，愿意将曾经玩乐的时间用在写作业上，愿意背枯燥的公式、滥长的课文；比如歌唱，想用心地唱好每一首歌，每一首能唱入心里的歌，不自卑不胆怯，渴望能打动听到我唱歌的人；又比如放弃不该执着的人，远离不应深交的朋友，又或是那个曾经讨厌的自己。

我想我现在很好。

宁愿用十倍的努力，去做一个明媚的好姑娘。

宁愿用十倍的真心，去求一个心心念念的良人。

宁愿用十倍的时光，出落成未来最美好的自己。

我如果爱你，
那是因为我难过。

[一个人的奥斯卡]

白小朵

女生档案

姓名：白小朵
城市：大连
年龄：17
星座：金牛座
关键词：爱，假装
个性签名：我如果爱你，那是因为我难过。

自白

女生故事

昨天，我在微博上看到一张很诡异的图。博主说，如果转发这张图，三天之内会出一场车祸，会丧失记忆，你敢不敢转？

我毫不犹豫地就转了。

天知道我有多么想忘掉从前的自己。

不知道从何时起，每晚临睡前，我都会跟自己说：“白小朵，从明天起你必须从头开始，随心所欲，爱咋咋的，不要再活得那么憋屈。”然而第二天早上，当太阳重新升起的时候，我却依旧还是那个我，没个性，没勇气，没朋友，在别人的眼光里讨生活。

每个人都有自己的软肋，偏偏我的软肋是致命的，那就是我很担心别人会不喜欢我。从生下来那天起，我就受够了那种不被人喜欢的感觉。不知道我妈怀我的时候到底吃错了什么药，我眼睛小鼻子塌，眉毛短嘴唇厚，身材像个球，怎么看都和漂亮一点都不搭边。唯一庆幸的是我还算聪明，懂得看他人的眼色，懂得用委曲求全来保护自己。

我的妈妈是个暴君。在家里，她有绝对的话语权，我和我爸都不敢违抗她半分。她一不开心，就会冲我动手。作业做不好，打！睡姿不正确，打！电视看太多，打！跟亲戚讲话不得体，打！

七岁的时候，她辅导我珠算，我老是拨错同一个珠子，她怒了，竟然操起算盘就往我身上砸。我站起身来躲，她就一直追着我打，直到把算盘砸在茶几角上，珠子撒了一地为止。还有一次，小学三年级时，我在校车上和另一个女生因为座位的事发生了一点小摩擦，不知道怎么就传到了我妈耳朵里，变成了我非要跟人家抢座位。她不分青红皂白，认定我没教养，丢了她的人，对着我劈头盖脸一阵骂，我稍微辩解了两句，她抓起木头餐椅就向我打过来，把椅子腿都打折了。

从小到大，我跟我妈之间诸如此类虐心又虐身的故事，还真是数不胜数。

有句话不是说什么上帝为你关一扇窗，就会为你开一扇门嘛，所以我常常自我安慰，上帝之所以赐给我这么一身肥肉，估计就是用来对付我妈的暴力吧。

不过凭良心讲，不打我的时候，我妈对我还是挺不错的。为了帮助我减肥，她去听了不少专家的讲座，然后还按那些专家的说法，每天费尽心思为我做什么特制营养餐。哪怕没什么成效，她也一直坚持。有一次她听人讲了个什么减肥的偏方，一个人跑去山上给我找一种野菜做药引，结果崴伤了脚，在床上躺了半个多月。除此之外，我妈还很舍得在我身上花钱，我的衣服鞋子大多数都是名牌，家里的零食从没有断过供应。在我家，我妈有这么一句名言：“咱就这一个女儿，等将来进棺材了，钱还不都是她的，花了就花了呗！”

搞不清我妈的阴晴不定，我也就无师自通学会了装乖。

比如晚上十一点了，我还在装模作样地复习，我妈推开门催我睡觉，我便惆怅地叹口气说：“最近学习都跟不上进度了，妈妈，你就让我再看一会儿书吧。”

其实整个晚上，我都捏着一支笔，对着课本，大脑一片空白。

又比如我们一家去亲戚家做客，大包小包，我都抢过来拎着。我爸看我脸红脖子粗的样子，对我说：“别逞能，给我吧。”

我就笑着说：“没事，我长大了，这些是我应该做的。”其实当时手痛得恨不得把那两大袋子东西全扔进臭水沟里。

是的，这就是事实——我很假，假到自己都嫌弃自己。但很长时间我都没办法改变，因为我没得选择，只有“假装”，才是我对抗这个世界的唯一武器。

我努力在我爸妈面前扮演一个乖小孩的角色，还有一个重要的原因，就是在小学五年级的时候，我做过一件特别对不起他们的事——我破坏过他们的感情。

还记得那天是周末，我和我妈去超市买东西，我爸一个人在家上网。我们回家以后，我妈发现家里的水管在漏水，十万火急地喊我爸去修，我爸来不及关电脑就去了。我坐到电脑前，发现我爸的 QQ 一直在闪，有个叫“小柔”的人一直在喊他：“哥，你不在了吗？哥，你快回我呀！”

可是，我爸根本就没有妹妹呀！

出于好奇，我点开了他们的聊天记录，屏幕上立刻出现了很多肉麻的话，肉麻到我都不好意思看下去！当时我整个人就震惊了，我无论如何都想象不出，像我爸这样的老实人，竟然也在外面有小三！

我偷偷把那些话复制下来，当天晚上就向我妈告了密。

我爸一开始当然是不承认，可是铁证如山，赖也赖不掉，到最后只好招认了那是个没见面的网友，两个人只是在网上闹着玩玩而已。可是我妈显然接受不了这个事实，她那天真的是疯了，拿着刀追着我爸砍，最后一刀砍中了我爸的手，鲜血溅得满墙都是。我目睹了整个过程，哭喊着扑上去死死抱住我妈，菜刀从她手里滑落下来，刀背狠狠地砸在我的脚背上。我顾不上脚背疼痛，冲过去扶倒在地上的爸爸，生怕他因为失血过多而死，但他却狠狠地甩开我，满眼的恨意让我全身发毛，恐惧到了极点。

当天晚上，我妈就打车回了县里外婆家，丢下我和我爸不管了。我爸是公共汽车司机，手受了伤当然不能上班，只能窝在家里养伤。他不会做饭，不懂得照顾我，又因为生我的气，不愿意搭理我。我每天放学回家饿得半死也只能买个面包啃啃，不敢跟他提任何要求。见他闷得慌，坐在家里不停地抽烟，我就好心劝他说："要不你出去走走，散散心！"

他冲着我大吼："别以为我不知道你是你妈的小间谍，想抓我的小辫子是不是，我告诉你，门儿都没有！"

"爸，对不起。"我低声道歉，"都怪我不好！"

"得了吧，你跟你妈从来都没有错，在这个家里，错的永远都是我！"他说完，摔门进了卧室，把欲哭无泪的我晾在客厅。

为了让我妈快点回来，我只好使出苦肉计——白天不穿外套，晚上不盖被子，半夜用冷水洗头，对着空调吹冷风，千方百计地终于让自己患上了重感冒，并如愿以偿地发起了高烧。那次高烧一直持续了好多天，我爸妈至今都不知道是我自己折腾的。虽然差点把脑子烧坏，但是我总算达到了目的——我妈回家了。

"要不是为了你，我再也不会踏进这个家半步！我觉得脏！"我妈一边喂我吃药，一边气愤地说。

也许是心理作用，反正我感觉这事以后，爸妈对我都不再像从前了。我跟我妈说话，她总是不耐烦，而我爸则像换了一个人，下班回家就待在房间里不肯出来。家里的网断了，电脑上也蒙了一层灰，我想上上网，也不敢向我妈申请。在这之前，虽然我妈这个人比较强势，但我爸妈之间的感情总的来说还算是挺好的。要不是我好奇心强，又管不住自己的嘴，把我爸的秘密给说了出去，或许，他们会一直过着平淡而幸福的生活，而不是像现在这样貌合神离，彼此不信任，为点小事就吵得不可开交。

没过多久是我爸的生日，或许是为了缓和家里的气氛，我奶奶特意张罗了几大家子人来我家吃饭。我为了在他们面前挣回点分数，忙着倒水，摆碗筷，端盘子，结果不小心被姨父撞了一下，将整盘鸡肉打翻在地，盘子碎了，鸡肉当然也没法吃了。

我趴在地上想收拾，却发现一地汤汁，根本就收拾不了。这时候，就听见我奶奶在我头顶上恶狠狠地骂："丑人多作怪，灾星！"

我抬头看着她眼里嫌弃的眼神，别提心里有多难受了。我真的想不明白，我是她的亲孙女啊，她为什么要用这么恶毒的话来骂我呢?

最终还是我妈走过来拍拍我的背对我说道："别添乱了，回你自己屋去吧。"

吃饭的时候，一直都没有人来叫我。直到他们吃过了，我妈才端来饭菜给我吃。见我不高兴，她说："笨手笨脚的，你就不要逞能了。"

我哭着对她说："对不起，老是给你丢脸。"

她拍拍我的肩，叹口气出去了。

我也不知道我为什么要说"对不起"这三个字，就算我在里屋，也能听到他们整顿饭都在数落我。明明一肚子委屈，明明可以回骂，明明想来一阵龙卷风把那些没心没肺的人统统卷到外星球去，但是在他们离开的时候，我还是走到客厅里微笑着低声下气地跟他们说再见，请他们再来玩，我真是恨不得一巴掌抽死我自己!

如果窝囊可以当饭吃，我们家这一辈子估计都不用再买一粒米！

纵是磕磕绊绊，也终究要长大。

好不容易挨到小学毕业，我上初中了。我读的是我们那里最好的中学。一开始我很兴奋，觉得新生活就要开始了。但很快我就发现事情其实并没有好转。我在做课间操的时候跟同学聊天，导致我们小组被扣分。每个人都怪我，但其实是别人先找我说话的，不知道为什么过错就全算到我头上。还有一次我因为数学作业写不完，就抄了练习册后面的答案，跟我一个组的某女生立刻就跑去数学老师那里告发我，老师问我抄没抄，我硬扛着说没有，不信你看我本子上打的草稿。老师伸手来拿我的本子，我怕露馅不愿意给他，争抢的时候本子从我脸上划过，我下巴立刻就被划破了，流了一点血。

数学老师根本不管我的伤，而是抖着那个空白的本子当着全班人的面骂我："白小朵，我见过睁着眼睛说瞎话的，没见过睁着眼睛说瞎话还说得像你这么理直气壮的！真该让全班为你鼓鼓掌！"

他话音刚落，掌声四起，真是戏剧味十足！而我就是站在台中央的小丑！

怕被老师告状，那天回到家之前，我特意用手指甲把下巴上的伤给抠深了一些。我回到家就给我妈看那伤口，哭诉说老师当着全班人抽我嘴巴，我妈当时就急了，要去找老师算账，我拼命拖住我妈说："不要了，我还要在这个班上读很长时间的书呢。你要真跟老师吵起来，我这书还要不要读？"

我爸也同意我的意见，拦住了我妈。

那次期中考试，我考得很差，但因为有“被老师打”那件事，爸妈也没过多地责怪我，反而安慰我说：“没事，下次考好点，考给那个老师看看！”

在学校里，同学不喜欢你还没那么可怕，最可怕的是老师也不喜欢你，这样你在班上就完全没法立足了。那些天，我总寻思着要想个办法来解决这个问题。

我们初中的班主任是教地理的，她刚从学校毕业，教我们的时候是第一次带班，也没什么经验，同学们都不怎么肯听她的，只有我，每次她需要帮什么忙，比如做 PPT 啦，领书啦，分报纸啦这类事，我都很主动地去帮她。她对我的印象慢慢地有了转变。有一次，只有我们俩在，她忽然问起我有没有想过要减肥这件事，我就趁机在她面前编了一个故事。说我胖的原因主要是因为我的肾得了一种慢性疾病，虽然没有生命危险，但必须常常打激素，所以减肥这件事对我而言，根本就是不可能的。

体育课打球分组，大家都不愿意跟我一组，有个男生很损地说：“身为一个球，怎么打球？”说完他们就一起乱笑。我气得跑回教室，也没有一个人来安慰我。班主任得知此事，在班会上把大家教训了一通，讲了一大堆对同学要友爱，不要歧视和搞孤立等大道理。全班同学都懒洋洋的，无一人肯反省。老师一看没办法，就把我得病的事情说了出来，希望大家能够消除对我的成见，多多帮助我。我一看时机到了，赶紧站起来，走到讲台上对大家说："对不起，同学们，都怪我长得胖，长得难看。要是我的长相实在影响了班容，我只能在此说一声抱歉！"

说完，我深深鞠躬，泪如雨下，全班一片寂静。过了好一会儿，我才抬起头来。看着下面同学那种内疚的目光，心中不禁一阵狂喜，禁不住要为自己精湛的演技拍案叫好！

这个完美的谎言的确给我争取到了很多的利益，从那以后，大家对我的态度都有了明显的转变。为了让这个谎言更加逼真，我还在课间成功地表演过两次晕倒，又在老师和医务室的医生到来之前恰到好处地"苏醒"。那一阵子，我们班任何人都不敢再欺负我，跟我说话也小心翼翼的，轮到我们组做卫生，重活累活都没人敢让我做，我也乐得清闲，暗自得意地想：性命攸关的事，看你们谁敢乱来。

因为怕这个谎言被揭穿，好几次家长会，我都找理由，没让我爸妈去参加。

初二，班里组织春游。我妈给我带了很多零食，我全分给大家吃了。后来，我又拿出我身上所有的钱，请班里的同学喝饮料。那天是我记忆里难忘的愉快的一天，好像每个人对我都比以前要客气很多。后来玩游戏的时候，还有人对我说："小朵，你身体不好就不要参加了，在旁边看着好啦，省点力气。"

那是我第一次感觉自己被人照顾，小心肝都快飞起来了。

春游之后，就开始有人说我们家特别有钱，是大款什么的。我特别喜欢这种流言，满足了我从没享受过的虚荣心。为了把这个虚幻的梦继续下去，我学会了偷钱。其实我妈平时给我的零花钱并不少，但要在班上充大款，那点钱远远不够。起初我是每天从我妈买菜的小包里拿点钱，后来就发展到在我爸钱包里偷，再后来发展到偷他们放在抽屉里的现金。当然不是全拿，我只是小心翼翼地抽出其中的一两张，像我妈那种对钱没啥概念的人，当然很长时间都发现不了。

我拿这些钱打扮自己，学会了给自己造型。我还习惯了买礼物送给我们班同学，比如谁喜欢哪个明星，我就去买哪个明星的CD或者海报，还有签名照片什么的硬往他手里塞。谁过生日了，也是我请一帮子人到必胜客聚一聚，再买个生日蛋糕，唱个生日歌什么的。教师节的时候，别的同学顶多在校门口买一枝鲜花送老师意思意思，只有我是送红包的，而且我还会冒充我爸妈的口气，在红包里夹上一封情真意切的信，让老师不收下我这个钱都不好意思。

不可否认的是，这样做不仅提高了我的自信心，也让我在班里的地位有了极大的提高，我还因此拥有了我人生的第一个闺蜜——小妙。

小妙长得也不算好看，但她是那种特别单纯的女孩子，基本上我说什么，她就信什么。我愿意相信小妙起初愿意跟我做朋友，真不是想占我什么便宜，就是觉得我这人挺义气，对朋友真心。并且，我们还有很多共同的爱好，喜欢饶雪漫，喜欢海贼王，喜欢李炜。

因为从小到大都没有过好朋友，我真的是特别特别珍惜和小妙之间的这份友情。为了维护这份友情，我也可以说是使出了浑身解数。只要能替她做的事，我都不遗余力，谁要是敢欺负她，我就跟人家死磕。好几次，小妙都被我感动得掉下眼泪，说不知道上辈子积了什么德，能修到我这样一个好朋友。

都说好朋友之间要真诚，可现在回想起来，这一生中被我骗得最惨的人就是小妙了。我这么说你别误会，我并不是不愿意跟她做好朋友，而是实在怕失去这个朋友，怕自己在她面前没有地位，所以，我撒了太多的谎。为了圆上一个谎我又必须再撒下一个谎，如此恶性循环，直到我无法收拾的地步。

首先，怕她跟我回家玩暴露了家底，我跟她虚构了我的身世。说什么我父母都在美国做生意，我目前是借住在姨妈家里，我爸妈希望我能接受更多中国的教育，不要忘记我是一个中国人，所以要求我在国内读完高中才会接我出去。而我姨妈性格很古怪，不喜欢我带朋友回家，每次只要有朋友去玩，她必然对我破口大骂，我寄人篱下，其实过得很不幸福。

小妙说："没事没事，那你以后就常到我家玩好啦。"

我找来很多我堂妹的照片，告诉小妙那是生病前的自己。我堂妹人长得乖巧可爱，气质也不错。小妙一边看那些照片，一边就流下泪来："阿朵，你真的太坚强太不容易了，以后谁敢再嘲笑你的长相，我就跟她没完！"

为了让小妙更瞧得起我，我甚至还虚构出了一个远在美国的男朋友。我告诉小妙我跟那个男生是青梅竹马，自从我变丑后，我一直希望能断了跟他的联系，可是他依然对我不离不弃，说我就是他心中永远的公主，并发誓要考上最好的医学院，治好我的病。为了让戏更加逼真，我偷来我妈不用的旧手机，买了一张卡，自己给自己发短信。我时常拿出那些情意绵绵的短信跟小妙分享，小妙几乎要对我膜拜了，她说："我要是拥有这样一个爱我的男生，真是死了都值！"

其实半夜偷偷编辑那些短信的时候，我心里也不好过。不知道何年何月，我才能真的等到一个欣赏我的男生呢？搞不好，这一切永远都只能在梦中！

我编的故事越来越多，情节越来越离奇，小妙也不是没怀疑过我，有一次她问我："有人说你爸是 109 路的司机，还说见过你们全家一起出去逛街，这是怎么回事呀？"

"哦。"我内心滚过一阵心虚，但还是装作若无其事地回答道，"那是我叔叔，我爸有个双胞胎弟弟。"

"你们家还真是传奇。"小妙说。

纸终究包不住火，我偷钱的事最终还是被我妈发现了，也算是运气不好，正在抽屉里拿钱的时候被她抓了个正着。我妈怒不可遏，追问我钱都拿去干什么了，我哭着说学校有同学勒索我，要是不给钱，就会被打，没办法才偷的。我妈不依不饶闹到了学校，我用谎言建立的华美世界就在她和班主任见面的那一刻崩塌了。

我求班主任不要把真相说出去，并发誓会努力学习努力改掉撒谎的毛病，但是她并不肯答应我，只是说："白小朵，我对你很失望。"

"你根本就没有病，你父母也不在美国，你也没有什么男朋友，你偷你爸妈的钱只为了到学校里来炫富……"小妙红着眼睛问我，"白小朵，你就跟我说一回实话，就这一回，他们说的是不是都是真的？"

"如果你是我的朋友，我希望你相信我。"我强撑着。

"我见过你妈妈了，她骂了我一通。"小妙说，"你妈认为你交友不慎，认为都是因为你交了我这么一个虚荣的朋友，才需要花那些钱。老师提醒我，以后少跟你来往。"

"我没有骗你。"我哭着说。但除了流下苍白的眼泪，我找不到任何可以为自己辩解的理由。

初中最后的时光，我在班上就是一个笑料，一个人见人恨的"胡扯王"。小妙开始跟别的女生同进同出，见了我，最多也就是礼貌地笑笑。哪个人要是稍微讲一点点不切实际的话，立刻就会被其他人嘲笑说："怎么，你当你是白小朵吗？"

毕业的时候，班主任还做了件特别过分的事。那时候大家都在为毕业纪念册准备东西，我好几个晚上没睡酝酿出了一封写给老师和同学的信，希望可以挽回点什么。我觉得我那封信写得很好，情真意切，我看一回哭一回。当我郑重地把它交到班主任手里时，班主任草草扫了一眼就扔到了桌上。等到我们毕业的时候，我才发现纪念册里根本没有我的任何照片、任何信息，当然更不可能有那封信，就好像我从来没在这个班级存在过一样。后来我去问过班主任，她就直接告诉我她忘记了。

“为什么？”我坚持要一个结果。

她不耐烦地回答我说：“哪里有那么多为什么？我问你为什么撒谎，你能回答我吗？能吗？”

我真想扇她一耳光！

高中，我毅然选择了去外地读书。尽管离家远，住校的条件也不是很好，但是我愿意，因为这样，我就可以和过去彻底做一个了断。我换了微博的头像，把签名改成：新生，把归属地改成：海外。

我不再担心任何人说起我，因为我已经有了新的生活。

刚上高中那会儿，应该算是我人生中最最叛逆的时光。我学会了打扮自己，爱上指甲油、耳环、项链、高跟鞋。我厌倦了那种看别人眼色的生活，学会了反抗。唯一没变的，是我依然喜欢用各种各样的谎言包装自己，管你信不信。

直到我认识他，隔壁技校的一个男生。很巧，每个周末我坐公交车回家的时候，都会遇到他。他总是背一个黑色的大包，喜欢站着，有座位也不坐。

有一次他没有零钱，我替他付了。

第二次他主动替我付了。我觉得这便是缘分。后来我便开始盼着周末，一放学就飞快地往公交站跑，直到他笑着对我说：“不用跑那么快，我会等你来了再走。”

“为什么呀？”我有点傻。

他的回答很有技术含量：“我也想知道为什么。”

后来慢慢熟悉了，我终于有机会问他：“你有没有觉得我很丑？”

他说：“没有，我觉得你很会打扮啊，很新潮。”

大千世界，终于有人看见了我的美。因为他，我又收起了我的刺，愿意重新变得柔软和纯净。我在臆想的爱情里待得太久，当一切在现实中出现的时候，我承认有点招架不住。那个男生叫于博，他从来都没有说过喜欢我，但是他愿意和我一起坐车回家，愿意听我胡说八道。他家条件不是很好，很少穿新衣服，球鞋也很旧很脏。我在他的面前努力扮演着天使的角色，尽可能地去帮助他，相信总有一天，我能够等到他的表白。

于博是学机电专业的，就快毕业了，工作很难找。我告诉他在国内找个工作，每个月累死累活赚两三千块钱没什么意思，要发财的话还是要出国，赚美元！

“出国这种事，想都不敢想。”他说，“我们这种穷人家的孩子，能自己养活自己就算是幸运了！”

“或者将来你可以跟我一起出去啊。”我大胆地暗示他。

“我哪有你那么好的命，我爸妈又不在美国。”他说。

“或许我们可以假结婚。”我说完，哈哈大笑起来，以掩饰我内心的慌张。

他也笑，但不接话，更不表态。

我觉得我弄不懂于博。每当我想靠近他，他总会下意识地离我远一些；而我想要离他远一些的时候，他又会主动来靠近我。我送他礼物，他不会表现得很欣喜，但最终也会收下，并且很真诚地对我说："以后不要这样了，我压力很大。"

"好朋友嘛。"我说，"你不必想太多。"

"我都送不起你礼物。"他愁眉苦脸地说。

"等你毕业工作了，挣了钱，就可以回送我礼物了呀，再说我也不在乎这个。"

他忽然就流下了眼泪，一把抱住了我。长这么大，这还是我跟男生的第一次亲密接触，我当时整个人都有点犯傻，不知道该如何安慰他。直到他终于肯放开我，我才从包里找出一包纸巾，抽出其中的一张，递到他面前。

"你不用理我。"他说，"我就是心里很不舒服。"

"怎么了？"我问他。

"我妈病了。"他说，"肚子里面长了个肿瘤，需要好几万块钱的手术费。我真的觉得自己没有用，长这么大一分钱都挣不到，难道眼睁睁看着我妈等死吗？"

看他伤心成那样，我的心都碎了。

我回到家，挖空心思说是要参加什么杂志社的小作家培训班，骗了我妈两千多块钱。又把我的一个差不多全新的三星手机给贱卖了，然后又跟同学借了一点，再加上我平时所有的积蓄，一共凑齐五千元整，全部给了于博。

“小朵！”他拿着那叠钱说，“我不知道该如何回报你。”

“我什么都不要。”我说，“我只是不想看到你难过。”

于博妈妈一直在住院，差不多那一年的时间，前前后后加起来，我给于博的钱超过了一万块。付出让我觉得心安，至少这个世界上，还有一个人需要我。

那天是于博的生日，为了给他一个惊喜，我跟班主任撒谎说我妈来看我了，要到了出门条。我在网上给于博买了生日礼物，一个名牌的钱包，虽然是仿货，只花了两百元。但是里面配有专柜的发票，上面写着5980元，很霸气，我觉得他一定会喜欢。

我去的时候，他不在，是他同宿舍的一个哥们儿接待的我。那个人是个话痨，就在他陪我去找于博的那么短的时间内，我已经知道了于博所有的故事。

于博家里并不穷，他爸爸是当官的，只是管得他很严，很少给他零花钱，他妈妈早就死了。于博很有女人缘，很多女生都喜欢他，愿意送他礼物。但是他有女朋友，他对那个女的百依百顺，好到不能再好。

总之，他就是一个骗子。

当他搂着那个女生从食堂走出来，我站在他面前而他却装作不认识我的时候，我已经明白了一切。

我曾经无数次地骗过别人，而且自认为演技精湛，无人能敌。可当我被别人骗得晕头转向的时候，才懂得谎言是伤人的利器。我也终于明白，以前所有的表演，纯属自娱自乐，都只是我一个人的奥斯卡，演戏的是我，看戏的是我，颁奖的人，还是我。

正如于博所说：“你那么喜欢演，我不过是配合而已。”

原来他早已看穿我，多可笑。

所以，我不怪于博，连一句责备，我都没有给他。

我删掉了以前写的所有的微博，撕掉了所有的日记，扔掉了很多于博说我穿上去很有味道的衣服，唯一扔不掉的，是伤痕累累的过去。我想找回我自己，那个也许真的很不可爱但是真实的自己，只是，我丢掉它太久太久了，久到我再也想不起它真实的样子。这条寻回的路到底有多长，我不知道。如同我不知道我的明天到底是什么样。我只知道，如果有来生，我一定不会像现在这样活着，我要变得更好，不再输给命运。

如果你愿意，就祝福我吧，我真心地谢谢你。

雪漫印象

小朵是个胖姑娘，笑起来特别可爱。

所有女孩中，她永远是最善解人意的那个。有天早上因为时间有限，工作人员只买了简单的早餐送到各个房间。有的营员不高兴，白小朵就站出来说：“我们要理解工作人员，他们太累了。”但转头，我就听见她跟那个营员说：“没早饭吃这种事也太搞笑了。”

营员里有个小姑娘眼睛看不见，不管去哪里，都是小朵扶着她、帮助她，但是一转身她又会跟工作人员抱怨：“好累啊，胳膊都快断了，为什么一句谢谢也没有啊，好像这些是我应该做的。”

“你要是真心不愿意，就不用做。”工作人员对她说，“有我们呢！”

“那不行，你们太累了。”白小朵说，“我心疼死了。”

夏令营快结束的时候，白小朵来找我聊天，刚一坐下，她就夸我：“雪漫姐姐，你真漂亮，你比电视上要漂亮一百倍。”

我单刀直入地问她：“你有没有觉得你很假？”

她马上肯定地回答我：“是的，我知道我很假！”

“很累吧？”我说。

“嗯。”她点点头。

“有没有想过改变一下？”我问她。

“想过！想过无数次了，我知道我成天这样假假的其实不讨人喜欢，但是，雪漫姐姐你不会的，你理解我，对不对？”

我摇摇头，看着她，用近乎残忍的语气对她说道：“我并不喜欢你这样。”

“可是，我是有原因的！你要不要听我讲？”说着她的眼泪哗啦啦就下来了。

哭完后，她开始跟我讲她那个强势的妈妈，讲她曾经如何揭穿了父亲的外遇，讲在学校里同学和老师是如何不喜欢她，而她自己又是如何一次次地欺骗自己最好的朋友。但是哪怕讲到泪流满面处，她都还不忘记一次次关心地问我：“雪漫姐姐，你听得累不累？要不要我去给你倒杯水？”

没办法，看来她早就已经习惯那个假装的自己。

因为母亲的暴力，白小朵从小就没有安全感，无师自通地学会了委曲求全。人生最大的目标就是不择手段地努力让所有人都喜欢她。可是她一直难以如愿，身边的人好像永远也发现不了她的优点和美好。但事实是，小朵很少认真地审视自己，尝试去改变自己，比如她不肯承认自己胖，也不愿意去减肥，总是告诉别人她胖的原因是因为打了激素。她总是告诉自己，做不到的事情是因为没有办法做到；而忘记其实自己努力一下，很多事情都不是那么难。她认定别人不会喜欢真实的她，所以宁愿辛苦地扮演另外一个别人更不喜欢的自己。

可是，她却一直都没发现自己不讨人喜欢的症结所在——任何人都无法跟一个不真实的人正常交往。

除非，想骗她。

当我问起她未来的打算时，她回避我，只是反复地说要出国，要到国外的新环境里开始新的生活。

“那你觉得你能完全改变自己吗？比如，不再撒谎。”

“我不知道，但我会努力的。”

“你有没有想过，你想出国，是为了重新开始，还是为了能在没有人认识你的环境里继续撒谎而不被揭穿？”

她没有回答。

我知道她自己都没有答案。

确实，在白小朵的生活里，谎话已经太多了。

虽然残酷，但我也不愿意再多给她一个谎言。

她看不清的其实是一个再简单不过的道理——令人讨厌的其实就是她自己，是因为她的不真实才让她变成一个让人不喜欢的人。

没有人是完美的，而只有不完美的人才是真实的。对小朵而言，只有真正面对那个不完美的自己，面对残酷的现实，她才有可能找到改变的勇气和方向。也只有这样，她也才可能拥有新的面貌和生活，不至于有朝一日，被自己的谎言活活淹死。

姑娘，收起那面骗人的小镜子，收起那管安慰自己的小唇彩，学会骄傲地对自己说，我就是这样，我就是我，是颜色不一样的烟火。承认不足，面对失败，在讨好别人之前先学会讨好自己。

白小朵，你可以的。

◉ 白小朵

后来

回家后的很长一段时间，我一直在思考，思考雪漫姐问我的每一个问题，思考为什么大家都觉得我很假。归根到底是我太努力地想要当别人的小太阳。

我明明知道自己长了一张不讨喜的脸，却还拼命地想要去讨别人的喜欢。

这可能是我最大的冒险。

我们的历史老师是个很孤僻的老头儿。上月月考，他手写了一份考试重点，当他慢腾腾地往黑板上抄的时候我主动要求帮他打出来，然后复印给同学们。他满脸感激，跟我说 :“小朵同学，打完以后你可以拿到学校来复印嘛。”

我一口回绝，我告诉他我家的打印机是我爸公司替换下来的，我爸专门留给我用，很方便。天知道，我家只有台电脑。

由于我妈限制我玩电脑的时间，资料打了一半就被我妈强制断电了。

我只好到附近的打印店去，这次一共花了我二百多块钱。是的，我没管住自己，又撒了一个小谎。

我是不是应该在这里检讨，我不应该对别人太好？

我还告诉现在的同学，我要去美国了，高中一毕业就走，这个我没有骗他们。

虽然我还在努力争取父母的同意和经济上的支持。

一到课间，我就把自己买来的“环球雅思”的英语书摆在桌角，高高厚厚的一大摞，标志也特别显眼！我很喜欢这种感觉，虽然埋头在书里，但我还是能感受到同学们投来的羡慕的眼光。

我现在越发觉得，活着不能总去奢望别人的理解，只有让自己变得更好，才会有更多人愿意围着你。但是什么样的自己才是最好的自己呢？我是真的很想去美国，那里繁华、开放，更重要的是没有人认识我。选择从那里重新开始最好不过。我想好了，到美国以后我一定不会说一句谎话，试着做真实的自己，一定不能像现在一样活得小心翼翼。

当我听雪漫姐说我的故事要收录在《蛰伏》这本新书里的时候，我的虚荣心得到前所未有的满足，但内心却是忧心忡忡。

满足是因为自己能够成为雪漫姐新书的八分之一，担忧是因为全班那么多同学在追饶雪漫的书，他们会不会通过蛛丝马迹发现我就是白小朵。不管了，反正我很快就要走了。

我认真地查阅了词典。“蛰伏”这个词突然让我联想起了“作茧自缚”。用这个词来形容我是最恰当不过了。但是蛰伏也总有苏醒，作茧自缚也可以破茧而出。我还在等，等待自己冲破这“茧”，重获新生，自由飞翔。

会有这么一天的。

检查记忆，杀死纯净，丢掉节操

[可惜不是沉珂]

寸子

女生档案

姓名：寸子

城市：成都

年龄：16 岁

星座：巨蟹座

关键词：爱，依赖

个性签名：检查记忆，杀死纯净，丢掉节操

自白

女生故事

我是一个女生，曾经迷恋过另一个女生。

但你不要误会，我不是所谓的 Les（女同性恋），也非那种长了玻璃心的脑残粉。我说的那个人，名叫沉珂。她曾经在网上红过一阵，可是当我知道她的时候，她已经不在了。就在 2008 年春节的某一天，她像烟火一样绽放，然后凋零，年仅二十一岁。

有人说，她死于自杀。也有人说，她只是厌倦了这个世界，所以找了个地方躲了起来。迄今为止，她的生死都是一个谜。但无论她是生是死，无论到现在还有多少人会记得她的存在，都不妨碍我对她的迷恋。对我而言，她是一个忠诚的朋友，她不用认得我，而我却可以一直记得她，并且不必担心她对我的背叛。这种感觉很奇妙，或许我说了你也不会懂。

但不懂也罢，没有关系。

第一次知道沉珂，是班上有人唱她的歌，那首歌叫“飞向别人的床”。尽管歌词很露骨，她的嗓音也算不上好，可是依旧唱得我心潮澎湃。我喜欢沉珂的个性签名：我将一次又一次地死去，以此证明，生命将是无穷无尽的。我喜欢她的每一张照片，诡异中带着干净，血腥中藏着清纯，像一株冷艳有毒的植物，绝对有孤芳自赏的实力。

曾经有好一阵子，我很希望我能活得像她，无拘无束，无所畏惧，就连痛苦和忧伤都那么酣畅淋漓。我数着日子，盼望快点长大，等到我终于二十一岁，我也可以像她一样，傲然地离开这个世界，连再见都懒得说一句。

多么威武，值得敬礼。

很多人都问过我一个同样的问题：“你为什么会那么喜欢沉珂？”其实这个问题我也问过自己千百次。最终我得到的答案是：她是我的精神导师，她教会我和自己相处，告诉我孤独并不可耻，提醒我可以主宰自己的人生。

曾经，我是一个特别怕孤独的女孩。

我出生在四川一个名叫映秀的小城。如果不是“5 · 12”汶川大地震，估计知道这里的人少之又少。我的爸爸是电信局一个很普通的员工，我的妈妈曾经是幼儿园的老师。不过，在我三岁的时候，妈妈辞职下海，跟别人一起开起了服装店。妈妈的个性很强，她一直不安于小城镇的生活，对成都充满了无限的向往。而我爸则是那种典型的随遇而安的四川男人，觉得只要一家人能够平平安安地生活在一起，就比什么都好。

由于生活理念的不同，他们最终离了婚，我跟着妈妈生活。

在我小学一年级时，我妈花掉她所有的积蓄，把我送进了成都的一所寄宿制贵族学校。我那时候很小，不懂事，突然离开家让我非常不适应，常常躲起来一个人哭。成都的同学每周都可以回家一次，我却因为家太远，要一个月才能够回去一次。每当看到他们欢天喜地地站在操场上等家长来接，我却只有拿着饭盒一个人孤零零走向食堂的时候，心里就有一种特别恐慌的感觉。我怕失去所有，我怕再也没有人爱我，我怕一转身，这个世界就真的只有我一个人了。记得有一次我哭着跟我妈说我再也不想回学校了，我妈上来就给了我一耳光。打完后，我哭了，她也哭了。哭完以后，我妈紧紧抱着我说："孩子，你要坚持。妈妈为了你，付出一切都可以，你不能让妈妈失望。只有吃得苦中苦，才能当得了人上人！"

我理解不了我妈的话，也不想当什么人上人，我越来越厌倦寄宿的日子。记得有个周末，我知道我妈不会来接我，但是因为实在太想家了，我就跟着一个五年级的姐姐坐大巴回了家。可是到了家门口，却因为怕被我妈责备，我徘徊了半天也没敢进去。那个姐姐见我可怜，就把我带回了她家里，直到周日下午，我才又跟她一起回到学校。

等我们到学校的时候，我发现校长、班主任、我妈，还有警察都在。我妈看见我时脚都软了，在原地呆站了好一会儿才冲过来，一把抓住我，拼命摇着我的肩问我到底是要闹哪样。那天晚上，我没住学校，而是和我妈一起住在一个小宾馆里，她一直抱着我睡，到天亮都不肯撒手。我这才隐约懂得其实我妈是很爱我的，只是她也没办法。

就是那一晚，临睡前，我妈很认真地对我说："你听好，妈妈一定加油挣钱，在成都买套房子给你，这样以后你每周都可以回家了。"

妈妈没有食言，在我小学四年级的时候，她真的在我们学校附近买了一套小房子。每个周末，只要她没重要的事，她都会从映秀坐车过来，给我做好吃的，陪我说话和做作业。但那时候的我已经习惯了寄宿的生活，也比较容易挨得过孤单了。记得后来我在网上第一次看到沉珂的资料，上面写着她从小就寄宿的时候，我的心很奇怪跳得快了些。世界很大，我一直相信冥冥之中一定有人跟我一样，过着跟我差不多的日子，欢喜着我的欢喜，忧愁着我的忧愁。我们也许一辈子都不会认识，但却注定某些地方息息相关。

没错，很长时间，我就是这样看待我和沉珂之间的关系的。

不知道是不是因为天生不是读书的料，我成绩一直算不上好，最多也就是中等偏上的那种吧。上初中，我妈又花了一大笔钱，托了好多关系，千方百计把我塞进了成都的一所重点中学。可是偏偏分班考试时我失利了，没能考进重点班。我妈叹口气说："普通班就普通班吧，矮子里尽量充高个就是了。"

越长大我就越觉得，我就没遗传我妈的那股倔强劲儿，而是越来越像我爸，随遇而安，得过且过。也就是在那一年，我知道了沉珂，长高了个子，剪了短发，脱下了我的框架眼镜，并开始了我的第一场恋爱。

我之所以把它叫作“第一场恋爱”，而不是初恋，是因为对方是一个女生。那时候我刚来到一个新环境，需要适应，安小妮出现得正是时候，她是我们隔壁班的，我们不算很熟，只有几个间接的朋友。但是有一次，她很直截了当地对我说：“林寸子，我很喜欢你，我们在一起好不好？”

我吓了一大跳，有点不明白她的意思，好半天才对她说道：“搞什么搞，我又不是同性恋。”

“你不是喜欢沉珂吗？”她说，“沉珂也是双性恋，你试一下有什么关系！”

听上去很荒唐，但就是因为这一句话，我答应跟她试一下。

这一场“恋爱”，我真的是抱着好奇心去谈的。我很想了解一下，当沉珂喜欢一个女孩的时候，她到底会是什么样的心情。凭良心讲，安小妮对我很不错，各种照顾，各种体贴，有什么好吃的好玩的都愿意跟我分享。我大姨妈来了不能碰冷水，她还帮我洗衣服洗袜子，还愿意和我一起喜欢沉珂讨论沉珂。她仿若我缺爱的生命里透进来的一抹温暖的阳光，在某种程度上照亮了我单薄而寂寥的青春。

但是，好景不长。慢慢地，我开始感受到这份“爱”带给我的压力。安小妮是那种占有欲很强的人，我干什么、去哪里都要跟她汇报，有事没事还检查我的手机，连我跟我妈发的短信她都要来回看好几次。我要是跟别的人，不管男生还是女生走得稍微近一点点，她立刻就会给我甩脸色，好像我给她戴了一顶又一顶的绿帽子。在家，我妈管我很严；在学校，她管我很严。我觉得失去了自由，于是就想到了跟她分手。

我提出分手后她闹得很厉害，一开始是低声下气地恳求，发誓她会改。后来就变成赤裸裸的威胁，说什么全校都知道我跟她的关系，就算我跟她分手了，也不会再有男生喜欢我。她甚至当着我的面做出割腕这种事，希望我能回心转意。但我当时心意已决，一点儿都不想再跟她纠缠下去了。说起来也没别的原因，就是觉得累，太累！

初二的时候我个头长高了许多，人也瘦了下来，有点女大十八变的意思。我们学校一年四季都规定穿校服，每个女生从后面看其实也都差不多。有一天，当听说我被评为初中部校花的时候，我还真是吃了一大惊。我认定这是一个玩笑，因为我从来都不觉得我哪里好看。但那些日子确实遭遇了很多突如其来的表白，搞得我有些晕头转向。这其中，有个叫程飞的男生给我留下了很深的印象。

程飞个子不算高，但是长得还算帅，最重要的是人很聪明，成绩在全年级都能排前十。现在回想起来，我和安小妮在一起，纯属闹着玩，图个新鲜，赶个潮流，装个与众不同，很多的过程，我都是被动地接受再被动地完成。而程飞才算得上是第一个让我体会到爱情的滋味和心动的感觉的人。跟他好上后，我突然发现原来爱的感觉真的很奇妙，可以二可以萌也可以呆。

我和程飞之间的关系，变成了我对他的依赖。我不想让自己成为第二个安小妮，所以努力控制自己，不让自己老是缠着他。可是如同所有的恋爱一样，甜蜜的时光消逝得飞快，半年之后，我们已经找不到最初的那份悸动。第一个原因是他面临中考，学习越来越紧张，我们可以单独在一起的机会越来越少。第二个原因其实更重要，那就是当我们慢慢熟悉以后，我有点接受不了他性格当中的某些弱点，比如说，懦弱。

记得有一次，我跟他在食堂吃饭时遇到了安小妮。安小妮端着饭盘坐到我身边来，一句话没说，直接往我盘子里吐了一口口水，又恶狠狠地骂了我一句。

我等着程飞站起来跟她拼命，谁知道程飞一直都没动静，于是我只好自己站了起来。就在我准备把饭盘子扣到安小妮头上的时候，程飞好像突然反应过来一样，用力拉我一把说："走啦。"我回头惊讶地看着他，他却不由分说地硬是把我拖出了食堂。

身后传来安小妮嚣张的笑声。她以前总是对我说，不要喜欢男人，男人是这个世界上最窝囊的动物。看到这一幕，她一定乐得几天睡不着觉吧！

走到了食堂门口，我没好气地甩开程飞，朝他怒吼："没见我被别人欺负吗？"

“你还嫌流言不够多吗？”他说，“忍忍就过去了。”

“你那么在意流言，为什么要跟我在一起？”

“好了，寸子！”他说，“总有一天你会明白，这一切都是为你好！”

好吧好吧，这事也就算了，忍就忍吧，就当他真是为了我好，可是另一件更让我不开心的事又很快发生了。

那天是程飞的生日，他请了一大票同学到一家五星级饭店开party。因为有他家人在场，作为他的女朋友，我没有得到任何特殊待遇，简直就跟路人甲没什么两样，反而是他们班的女生跟他嬉笑怒骂，显得亲密无间。吃饭间隙，他表姐无意中跟我说了两句话。他立刻找了个机会，很紧张地拖我到一边问：“你有没有乱讲话？”我很不高兴地反问他：“什么叫乱讲话？你是不是觉得我是你女朋友这件事很丢人？”

“好吧好吧，”他说，“等我们两个人的时候再讲。”

我彻底被伤了自尊，没打招呼就独自离开了现场。他当然不方便来追，只是发了个短信：你不要想太多，只是我家人不希望我这么早谈恋爱，希望你理解。

理解是什么玩意儿？我愤愤地想，装什么优等生，扮什么孝顺啊！当初追我的时候，说的那些甜言蜜语怎么不给你家人审批过才讲呢？极品！人渣！分手拉倒！

之后的很多天，我都对他很冷淡。以前每个周末，我都要跟他一起去看看电影逛逛书店什么的，但是那周，我以我妈要带我走亲戚为由推掉了。

那天下午，我妈正坐在我旁边陪着我做作业，手机突然响了一声，是程飞发来的短信：方便通电话吗？

电话就放在桌上，我来不及遮掩，短信被我妈看了个正着。

“谁呀？”她警觉地问我。

“同学。”我支支吾吾。

令我意想不到的是，她居然抢过我的手机，自己回过去两个字：可以。

电话铃声很快就响起来，我妈一边命令我接，一边就按下了免提。情况来得太突然，我当时脑袋有些犯晕，那边说什么话我也没法正常接茬儿了，只能胡乱应答。他被我冷落了好一阵，这会儿偏偏显得特别深情，口口声声地说什么想我啦，希望我对他不要是这种态度啊什么什么的。我正想赶紧找个借口把电话挂掉，就看见我妈在白纸上飞快地写下一行字，示意我念给他听。

我定神一看那行字，当时就傻了。“我觉得我们不合适，现在念书是最重要的事，有什么还是等我们上大学以后再说吧。”

尽管这话真心土到家了，完完全全的60后风格，但迫于我妈的淫威，我也只能照着念了。

程飞的声音听上去很伤心：“你这么说，不后悔吗？”

我妈又在纸上写了一个大大的“不”字，还有三个感叹号，然后一只手捏着那张纸，另一只手伸出一根手指，指着我的电话。

“不。”我气若游丝地说。

谢天谢地，他终于把电话挂断了。

我妈一把夺过我的手机，把里面的短信从头到尾检查了一遍，好在我之前把该删的东西全删光了。她找不到什么证据，又跑到我的房间到处搜索，最后才气喘吁吁地坐到我面前，像审犯人一般审问我道：“说吧，你在学校到底都干了些什么？”

“什么也没干！”

“那这个电话是怎么回事？”

“别乱想了。”我说，“没你想得那么严重。”

见我死不认账，她都快疯了，把我的书啊作业本啊统统扔到地上，朝着我咆哮道：“我把毕生的心血都花在你身上，就指望着你能有出息。我每天成都、映秀，映秀、成都跑得腿都快断了，是为了哪个？怪不得你成绩上不去，老娘现在终于明白你的心思都花在什么上面了！林寸子，我告诉你，你要是不给我老老实实的，我饶不了你！”

我只觉得好笑，毕生的心血？她才四十岁而已，哪有这么夸张！

“你送我回映秀吧。”我横下一条心说，“我跟爸爸过！”

她一大巴掌挥过来，我眼镜都被她打飞了，掉在地上，又被她一脚踩碎。

“给我写保证书！”见我放了狠话，她也没法再继续逼我了，只能拍在桌上一张大白纸，再扔给我一支笔。

写就写吧。

依然是她念，我写，一字一句，差不多全都是废话。写完后用双面胶贴在床头，其实我俩心里都清楚，无非也就是她图个心安，我图个清静。

回到学校，我跟程飞解释了电话的事。他长叹一口气对我说道："我早告诉你，低调，低调，你就是学不会，现在吃苦头了不是？"

可明明就是他主动给我打的电话，他却把错都算在我头上！而且有一点我就是弄不懂，在学校谈场恋爱，行动上必定是偷偷摸摸的，言语上还不敢承认，这也太那个了点吧！

我妈跑到学校找了老师，我们老师也开始对我管得比较严，甚至让我每天下午放学后到她办公室去做作业。如此一来，我跟程飞的见面时间变得更加有限了。校园里慢慢有了传言，说程飞是因为忍受不了我和别的女生有暧昧关系才跟我分手的。我就是一如假包换的双性恋，在外校至少还有五个情人！这不，天天都得到办公室写检查写反思！

很多委屈不知道该跟谁说，心里憋得慌，我就对自己下手了。我跟同学借了美工刀，闭着眼睛横下一条心往手腕上一割……

夏天开始穿短袖，自残的事终于瞒不住，被我妈发现了。当时她给我的感觉只能用"崩溃"两个字来形容。她没收了我的手机、电脑，断了我的网，撕掉了我抽屉里和沉珂有关的所有东西，最后，她抱着那一堆垃圾，坐在地上号啕大哭。

她一直哭，不肯停下来。我实在受不了，就走过去给她递纸巾，她用力拍着胸口对着我哭诉："你个瓜娃子晓不晓得啊，老娘当年生你难产啊。他们说剖宫产不好，对娃儿智商有影响，老娘痛了十几个小时还坚持自己生。林寸子，老娘又当爹又当妈，毕生心血用在你身上，就怕你吃一点点儿苦！你干吗要这么作贱你自己！你非要这样胡整瞎搞，妈也不要活了，不如我们一起跳楼，一了百了！"

我拿着那张轻飘飘的纸巾跪在她面前，说不出一句话。

之后，她帮我向老师申请了走读，映秀的店也不管了，成天待在成都，恨不得一天二十四小时监管着我。只要有空，她就在我耳朵边骂沉珂。她觉得我变成这个样子，都是沉珂惹的祸。我不想辩解，是因为我辩解了她也听不懂。谁也夺不走我心里的沉珂，她就是我的信仰，我的光芒，我的一切的一切。

那个暑假，我妈给我报名让我去参加一个什么青少年心理康复夏令营。就四天时间，收费五千多。不过比起她上的那些什么总裁班、金融培训班的学费，这只是九牛一毛。虽然我感觉那些班都是骗她钱的，但是有个不得不承认的事实，就是她的生意确实越做越大，在成都开了一家很大的店，并且据我所知，有很多品牌商都在邀请她加盟。

我不认为自己是什么问题青少年，不过因为无聊和些许的好奇，再加上跟程飞算是真正地分了手，我觉得我需要忙点别的什么来暂时忘掉这份感情，于是我就听话地收拾行李去参加夏令营了。不过那个夏令营比我想象中的要有意思一些，印象最深刻的是有一次心理老师把我们分成两队，要大家比赛做俯卧撑，哪一队坚持到最后，就算哪一队赢。最后，两队分别只剩下一人，大家都大声为他们加油。为了捍卫本队的荣誉，他们都不敢轻易放弃，憋红了脸继续一个一个地尽力地做着。就在这时候，聚光灯打在他们身上，老师大声说："你们看见了吗，其实你们眼前这两个人，就是你们的父母。在人生前进的路上，你可以随时停下来，但是他们不能停，因为他们没有选择。"

我当时想到了我妈，眼泪哗啦啦就下来了。我也终于愿意承认自己傻，难怪我妈那么恨沉珂，明明就是我自己的愚行给她抹了黑。

"爱惜自己的身体，如爱惜你心中的信仰。"离开的时候，我很喜欢的一个心理医生姐姐把这句话写在了我的笔记本上。

中考我考得一般，当然没考上重点。或许是早就铁了心要送我出国，我妈这次没有再花钱，而是任由我上了普通高中。学校离家很远，我又过上了住校的日子。上学的第一天，心情不错，因为我的同桌是个大帅哥。真的很帅，远看像王力宏，近看像吴彦祖，反正怎么看怎么舒服。名字居然还和一个明星相同，叫柏霖。只要是下课，都会有很多女生找借口经过我们班，其实就是想偷偷看他一眼。

而我偏偏被幸运选中，可以天天坐在他身边。

熟了以后，我们之间的交谈也就变得多起来。柏霖数学和英语都很好，我常常借他的作业来抄，作业里有时会夹着那些女生给他的情书或纸条，他也不避讳让我看。后来知道他喜欢上高三一个比他大两岁的女生，他还常常让我帮他出主意如何追女生什么的。他喜欢的那个人，是我们学校女神级别的那种，长得好，成绩好，各方面都相当出色。他确实追得很辛苦，许久不见成效。在他苦闷惆怅之时，我还陪他聊过两次天，安慰过他。令我完完全全没想到的是，有一天体育课，他打完球很累，坐到我身边，突然就对我说："林寸子，我还挺喜欢你的。"

当时我整个人就蒙了，清醒过来后，唯一的感觉就是：欣喜若狂。

被表白后，上课的时间也变得分外甜蜜，胳膊若不小心碰到他，汗就直接就从心窝窝里往外冒。

终于等到周末，他问我："明天要不要去爬山？"

我问："都有谁？"

他狡猾地回答我："你还想有谁？"

我当然谁也不想有。天助我也，那个周末我妈去深圳了，我正好处于无人监管状态。差不多一晚上都没睡踏实，早上九点，我揣着一颗小鹿乱撞的心来到了跟他约会的地点。他已经等在那里，不穿校服的他显得更加帅气和挺拔。我远远地看着他阳光下的身影，不知道为什么，忽然就觉得有些心酸。

我等了那么久，终于等来我该有的幸福了吗？

我走过去，他就很自然地牵起我的手。我并不是第一次谈恋爱，可是我竟慌乱得不知所措，差点说不出一个完整的句子，因此一直被他笑话。我们在公园里玩了大半天，他还请我吃了午饭，给我买了冰棒和棉花糖。在他的面前，我就像个没长大的小姑娘。被人结结实实地宠着的感觉真好。那天，从小缺少父爱的我幸福感爆棚，像散落一地的阳光，来不及收拾。

等我们终于爬上那个小小的山顶的时候，大约是下午三四点钟。阳光正好，他拿出手机和我玩自拍，我们的脸贴到一块儿，他的唇慢慢地移过来，轻轻吻了我的脸。

“你不是喜欢女神吗？”我小心翼翼地问他，“你是不是在耍我？”

“那你愿意给我耍不？”

我又被他绕了进去，不知道该如何回答才好。

“林寸子，我是真心喜欢你。”他说，“你就是不自信，不过话又说回来，初恋的感觉就是这样的了，你不要想太多。”

“你是初恋吗？”我惊讶极了。

“我当然不是了。”他说，“我是说你。”

“可是，我也不是初恋啊。”我说，“你为什么就认定我是初恋呢？”

“也就是牵牵小手那种吧。”他不屑地说，“瞧你那样，就没开过窍。”

不知道是不是被他刺激到了，还是我智商确实有问题，我当时脑子抽了一下，就问他：“如果我不是处女，你会介意吗？”

“不会吧？”这回轮到他惊讶了。

我说："有一次，我跟我第一个男朋友，其实当时我们已经分手一阵子了，正好有个朋友过生日，喝了点酒，然后，大家都走光了，包间里就只有我们两个人，于是，一切就发生了。我当时担心了整整一个月，要是怀孕就惨了！"

差不多十秒钟左右，毫不夸张，最多也就是十秒钟的样子，我看见柏霖从我身边站了起来，用很清楚的声音对我宣布："我看，我们还是做朋友比较合适。"

刚刚降临的爱情，就被我一句愚蠢的话给活活扼杀了。

后来的事变得很戏剧，我们又回到了从前，仿佛那个周末根本就是我的一场梦。我不甘心，放下自尊，三番五次地求他，把自己低到尘埃里，哪怕只换来他片刻的宠爱。但是他很坚决地告诉我，他是一个特别传统的人，当初喜欢上我，就是感觉我很单纯，很可爱，完全没想到我是那么随便的一个女生，从心理上他接受不了。

更气人的是，没过多久，他就和高三那个"女神"相爱了。帅哥，美女，还是姐弟恋，很长时间他们的爱情都是校园里最劲爆的话题之一。就在这时候，有个男生追我，我想也没想就答应了他。就在我跟这个男生好到第三天的时候，柏霖从课桌下递过来一张纸条："你能跟他分手吗？我看着你和别的男生在一起的样子，很难过。"

报复果然有效！我内心一阵狂喜，但还是淡淡地回他："你谈你的恋爱，我谈我的，与你何干？"

他说："如果你分了，我就分。"

第四天，我真的跟那个男的分手了。可是，柏霖却骗了我，他跟那个女的一直断断续续、纠纠缠缠，而我，只是填补他寂寞的一个工具而已。一开始，我一直忍着不发火，我一直耐心地等待，我想等到那女的毕业，柏霖就应该完全属于我了，到那个时候，他也应该不会再介意我的过去了吧。

然而，关于我是"小三"的消息还是不胫而走。终于有一次，我们三个人面对面坐在一起，那女孩居高临下地微笑着对我说："我知道你喜欢柏霖，也知道你有抑郁症，他因为这个而帮助你，我不会介意的。所以那些流言什么的，你也不要介意哦。"

她真的很美很有气质，我站在她身边，就是个活脱脱的土包子。

我转头看柏霖，他很镇定地说："看在我们俩都这么喜欢你的分上，你要乖，以后不要再玩什么自残了，听到没有？"

原来，我只是他们的一个谈资！

原来，从头到尾，他只是把我当作一个玩偶！

那天回到家里，我放了一浴缸的冷水，把自己浸到里面。那时是冬天，成都的气温接近零度。我在冷水里瑟瑟发抖，但我不愿意起来。我要好好地惩罚一下我自己，我要让上帝带走我，永不复生。就在我冻得快要晕死过去的时候，我妈推开了浴室的门，将我从水里拖了出来。

我妈给我换了学校，她说她已经存够了钱，我可以不用参加高考就直接到加拿大留学。看着她眼角的皱纹，我点头说："谢谢妈妈，以后我会努力不让你操心。"

我不知道自己的保证是不是有用，但这是我的真心话。我妈和我爸离婚以后，我爸再婚，儿子今年都上小学了，而我妈还是一个人。我只希望早一天有能力给她幸福，把她花在我身上的"毕生的心血"，哪怕还一点点给她也好。

人生总是要背负痛苦才能前行的，为了我妈妈，我知道我会继续向前走，哪怕有些不情不愿，但恨只恨自己，可惜不是沉珂。

雪漫印象

寸子是一个很安静、很漂亮的女孩。夏令营第三天，我发现她有着美丽的眼睛和小酒窝。那天我跟她说："你来当我封面的女主角好不好？"她羞涩地笑了，还情不自禁地冒了句四川话。

编辑若琳有点担心，她说寸子太羞涩了，怕是出不了镜的。

我说："她需要更多的自信，就让她试试吧。"

那天晚上，若琳把寸子叫了出来，当若琳说到要带寸子去见她很喜欢的书模周游的时候，她眼里一下子出现了这个年纪的女孩最常有的快乐的光芒。若琳很高兴地对我说："我觉得她还是挺大方的哦。"

第二天，寸子跟着若琳去参加拍摄。因为是新人，她确实有些放不开。但她总是按摄影师的要求反复摆姿势，没有任何的抱怨。回来之后，她很兴奋，少有的话多，还跟我说："我要把这些照片给我妈妈看，然后让她给我买个相机！”

寸子有个要强的妈妈。妈妈把所有的希望都寄托在她身上，对她管得很严，在寸子很小的时候就把她送到成都去读寄宿学校。妈妈看似给寸子创造了很好的条件，却忽视了她的孤单和无助。从小缺爱的寸子很需要爱，她害怕一个人，所以不管谁向她示好，她就会立马相信地依偎过去，甚至忘掉到底应该不应该。她的可笑的“第一场恋爱”，便是一个活生生的证明。

小小年纪，寸子已经恋爱过好几次。很多人觉得她有些滥情，却不明白其实她真正需要的只是一个温暖的怀抱，一个可以边走边谈的人而已。

夏令营后的寸子又回到了四川，哪怕是在学习紧张的高二，面对一周七天的课业，她也能从中找出属于自己的时间做自己喜欢的事。有一次我去成都签售，她跟老师请了半天假，坐了很长时间的公交车来看我。在那间小小的咖啡屋里，她背着书包，坐在我对面，一句话都不讲，只是羞涩地对着我微笑。

我说：“时间这么紧，你就别跑来跑去的了。”

她说：“我就是想来看看你。”

“还好吗？”我问她。

“还好。”她说，“雪漫姐，我一直都记得夏令营的时候你跟我说，爱情不是我生活中最重要的东西。”

“那你觉得我说的有没有道理呢？”

她点点头说：“所以最近我在学习看韩剧和一些老电影。还有，雪漫姐，我有个问题一直没问你，那就是你是不是也很反对我喜欢沉珂？”

问完这个问题，她的表情看上去有些紧张。

“那你先回答我，你有没有被她影响？”

她想了很久，最终点了点头。

然后，她跟我说：“我觉得，我挺对不起我妈。以后，我不要再那么轻易地喜欢一个人了。”

确实，除了沉珂，寸子还是很多其他人的铁杆粉丝。问她喜欢哪些明星，她立刻噼里啪啦无比激动地报出来一大堆名字。问她到底喜欢他们什么，她也答不出。她很容易将自己的情感依附在其他人身上，其实说穿了，就是内心比较空虚，没有建立自己独立的精神世界。

好在如今的寸子不会再做任何伤害自己的事。面对喜欢的人，也懂得了三缄其口。她也许找到了和自己和平相处的方式，学会了正视那个曾经孤独的自己，也学会了好好面对未来的人生。我毫不怀疑，她已经在暗地里努力做一个坚强快乐的寸子，过自己真正想要的人生，不再想成为沉珂，而仅仅是想成为她自己。

就为了这份坚持，值得为她鼓掌！

她已成长。未来，也会安好无恙。

◉ 寸子

后来

最近，我看了一部很喜欢很喜欢的电影——《被嫌弃的松子的一生》。

电影里面有句台词："每个女孩都梦想过自己是白天鹅，可梦醒来却发现自己只是黑乌鸦。"

这句话，简直就是为我量身定做的。

人们常说人生不如意事十有八九，但我觉得说八九都太少了。有时候真的不明白人为什么要拼命奋斗，拼命做自己觉得必须做的事。

我们最终达成的离自己真正想要的还有多远？

得与失的标准到底是在别人的眼里还是自己的心里？

带着这些疑问，我活得很累。因为担心身边没人陪伴，所以我总是像松子，爱得如飞蛾扑火一般。我讨厌自己的性格中天生的别扭和执念，讨厌我从不懂得保护自己，只能盲目地依靠和相信。

有的人说，是我妈妈害了我，要不是她那么要强，或许我不用活得这么辛苦。

我曾一度觉得他们说的话很有道理，但是从夏令营回来以后，我觉得我有了很多的改变，我能看到我妈妈的白发，看到她的泪水，看到她的失望，看到很多我以前拼了命也绝对看不出来的东西。

妈妈很恨沉珂，觉得是她带坏了我。

以前我总想去说服她，但现在我不会了。我知道只有我变得更好，她才可以接受我喜欢的一切。

回想夏令营的时候，最高兴的事情是给雪漫姐当了书模。虽然书正式出版以后，我在里面只找到几张有自己出现的图，还都是背景人物，但我知道其实没什么，经历过就好吧。

记得雪漫姐的书《左半边翅膀》里的柳丁说过这样一段话："如果要问这次夏令营最大的收获是什么，我想说的是，经过了这几天，我才发现我的经历连根葱都算不上。"无论是堕胎、嗑药还是流浪，哪个故事都比我的精彩一万倍，谁的伤口都比我的深一万倍疼一万倍。

感谢雪漫姐告诉我，爱情不是我生活的全部。以后的日子，我想我会用更多的时间来思考这句话。当务之急，我要好好学习，让我妈少为我操点心。

这些话换在从前，我死都不会讲，因为我会觉得假。但现在我讲这些是真心的，因为我永远都不想成为，被人嫌弃的寸子。

向上吧，少年。

翻滚吧，寸子。

我又不是仙人掌，
何必那么坚强。

［会痛的石头］
小爱

女生档案

姓名：小爱
城市：北京
年龄：13 岁
星座：双鱼座
关键词：爱，碰撞
个性签名：我又不是仙人掌，何必那么坚强。

自白

女生故事

我叫小爱，今年十三岁。

人生的前十三年，我活得很痛苦。

我知道你会说，一个小屁孩有什么痛苦的，吃得饱喝得足还花父母的钱，什么都不用愁。是啊，你说得有道理。但是如果你愿意跟我交换着活一天，你就一定会明白我为什么这么说。

我家住在北京郊区。我父母在我刚上小学时就离婚了，房子是我外婆的。因为靠街，我妈利用门口的小院开了间小卖部。离婚后我爸没地儿住，就一直赖在这里。从我记事开始，他们就一直在吵架，每天都是无休止的争吵。打喷嚏声音大了，吵！核账的时候少了一块钱，吵！忘记买馒头了，吵！洗脚盆放到洗脸盆上面了，吵！总之，任何存在于这个宇宙中的事物都能成为他们吵架的理由。

就在这种畸形的状态下，三年之后他们还为我生了个弟弟。且不说这是不是合法，光是这种无知的行为就足以让旁人笑掉大牙。我讨厌邻居们窃窃私语的样子，我知道他们在我背后一定议论得热火朝天——瞧，这是多奇葩的一家啊！离婚了还住一起，住一起还天天吵，天天吵就算了，还又生个小孩！

丢人至极，可笑至极！

我那个四岁的弟弟，不知道是不是因为我妈生他的时候已近高龄，又或是因为他在我妈肚子里的时候，我妈和我爸两人吵得过于大声，影响了他的大脑发育。说好听一点叫“天然呆”，说得难听了就是脑残。他每次看着别人的时候总是微张着嘴，学会说的第一个字是“饿”，再大一点的时候又学会的是“我饿了”。我对他没有什么感觉，不过看他坐在一堆锅碗瓢盆中被我爸妈吵架的阵势吓得哇哇大哭的时候，我仿若看到儿时的自己，还是有些心酸。

不管大事小事，他俩吵到高潮处台词都是差不多的。

我妈：“你他妈的不是男人！你个软骨头！臭狗！”

我爸：“你疯狗！母狗！跟你过日子没好下场！”

我妈：“你老家的狗！吃完走！快！别赖在我这不走！”

我爸：“我还就不走，你能把我怎么着！”

“你滚蛋！滚不滚！”我妈顺手抄起一瓶二锅头，我爸迅速夺下酒瓶，双手牢牢地攥住：“别砸酒。”

对！他说的是“别砸酒”，不是“别砸我”。

我爸爱喝酒，他以前的职业是出租车司机，现在的职业是骂人和酗酒。家里的小卖部为他酗酒提供了极为方便的条件。记得小学二年级时，某天我回家时远远地看到小卖部已经关门了，就知道一定有不好的事情发生了。我实在是不想回家，就一步一步挪到了家门口。进门一看，果然出事了。我妈坐在地上，哭天抢地，张牙舞爪，捶胸顿足。我把学会的成语全都用上也不足以形容我妈当时那种癫狂的状态。原来我爸开车拿货的时候撞了个学生，肋骨骨折，那学生一家人全跑来，差不多把我家的小卖部给搬空了。

更严重的是我爸那天喝酒了。交警问他是不是喝酒了，他还死不承认，非说是前天晚上吃饺子把嗓子烫了一串水泡，怕感染用酒精漱了漱口，但是没往下咽。

我特想知道那个警察叔叔当时是怎样的心情。瞧这撒谎的水平！不过小时候我还真信！每当有人笑话我说你爸喝酒撞人了的时候我就会反驳："没有！我爸就是漱了漱口！"

越长大越觉得难怪我是我爸的女儿，又二又傻又天真！

我爸妈除了吵架，余下的精力都用来对付我了。不过最近这几年，我已经修炼了一身好功夫，不想听的碎碎念一律自动屏蔽，甚至都不用一边耳朵进一边耳朵出。他们骂我的大方向无非就是考试成绩不好，学习不认真不努力，袜子东西各一只，用过的东西不放回原处，洗头的次数太多，占用厕所时间太长，等等。

在骂我这件事情上，我的父母空前一致。这不，那天又因为我们班主任说我上课玩手机而不依不饶。我妈挑最难听的字眼攻击我，而我爸则骂红了眼大声叫嚷着要把我送进公安局，说我夜不归宿就是败类，是人渣，活着都是父母的负累，是社会的害虫，反正归根到底一句话——我毁了我们全家。

是的，我是夜不归宿！那是因为我根本不想回来！不想面对他们！我宁愿站在小胡同的阴影里躲一宿！任他们怎么叫怎么找也不理会！我真的不明白到底是谁毁了这个家？他们在发狂的时候就没有一次考虑到我的感受？是谁让这个家破败不堪没有丝毫温暖？为什么他们要把自己生活的失败归结在我的身上？想着这些，我觉得我脸涨得都快要炸开了，顺手抓起桌上的杯子，狠狠地向地面一砸，玻璃四溅，弹起的碎片利落地在我的脚面上留下了一个翻开的鲜红小口。

我心里暗爽，至少他们俩的叫嚷声暂时停止了。

我跑出了家门，听见我爸在我身后喊："有本事永远别回来！"

不回来就不回来。我趿拉着一双夹脚拖鞋在大街上逛荡，每走一步，脚上翻开的小口就裂一下，冒着血。我不知道自己是不是变态了，低着头一直看着裂开的那个小红嘴，它一动一动地好像在跟我说话，看着看着就觉得它无比地丑，每走一步都矫情地向我笑一下。其实挺疼的，但是我享受这种疼痛，至少能分担一下我的心痛……我总是想不明白这些事，为什么是我？为什么是我生在这个家庭？他们为什么要生下我？

这应该是我第一百零八次离家出走了吧。我又溜达到了酒吧一条街。这是离我家不算远但晚上人最多的地方。几乎每次离家出走我都要来这附近待一会儿，人多的地方让我感觉心安，没那么孤独。

我在一间酒吧门前停下了，那里出来进去的人形形色色。男人们晃晃悠悠地互相搂着说着豪言壮语，女的似一摊烂泥贴在男人身上。不是你醉，就是他醉。夜晚在这条街是摇晃的，放纵的，也是心酸的。

我看着他们，再看看自己，校服和夹脚拖鞋，多么和谐的搭配……但我深知，我不会像那些女的那样不要脸，即便是我喝酒也不会喝到德行全无，任由某个男人来摆布自己！

我正想着这些，就看见有个女的一个人摇摇晃晃往外走，一边笑着还一边推搡着后面的人，我不得不注意到她脚上踩着的那双恨天高——那是真的恨啊！透明的大厚鞋底，想不注意都不行。我正在想她是怎么穿着那么高的鞋在那么晃的情况下还能一个人走出来并且不摔跤的时候，悲剧的事情发生了，她走到我身旁的一棵大树底下，哇哇地吐起来，那呕吐物着实溅了我一脚，我这叫一个火大！

“喂！”我叫了她一声，她好像没听见。

“你吐了我一脚！喂，你听见了吗？！”还是没人理，她只是扶着大树自顾自地吐。

我看着肮脏的脚面，要不是因为晚上没的吃也没的吐我可能也早就吐了！她从斜挎的小包包里拿出一包餐巾纸，抽了一张出来胡乱擦了擦嘴巴，依然没有要理会我的意思。我戳了一下她的后背，大声说 :“喂！大姐！你吐了我一脚！”

她抬起头看看我，我这才看清楚她的脸。二十多岁的样子，长得还可以，就是妆太浓。她低下头看着我的脚，把那张擦过嘴巴的纸塞到我手里跟我说 :“你的脚丫子好像流血了，擦擦！”

见我没动，她叹口气一把拖过我，把我拖到酒吧大门前。那里有个水笼头，接了一条长长的塑料水管。她打开水龙头，用水对着我的脚背一阵猛冲，然后用力拍拍我的肩膀说 :“干净了！”

我的脚背滑过一阵清凉，正在思考要不要跟她说声谢谢时，她已经扔下水管晃进夜店大门。我脱掉了校服外套拿在手里，突然就对她起了好奇心，想跟进去看一看。

酒吧比我想象中要大得多，我找了很久也没找到她，不知道她是不是在某个包间里。既来之则安之，我要了一瓶啤酒，坐在角落里慢慢喝，等着她出现。可能是见我一个人，几个男的嬉笑着凑过来，问我多大。

“妹妹来玩玩嘛。”他们说着，推过来一打小杯子，杯子里放着柠檬片，还告诉我要一口干掉小杯子里的酒然后蘸着盐把柠檬片含在嘴里。我本来不想搭理他们，但瞬间我又想到我想永远逃离的支离破碎的家，以及我那不像爸的爸、不像妈的妈。我抄起一杯酒，正打算一饮而尽，手被挡在半空中了，酒也洒出去一大半。

“瞎啦你们！这姑娘未成年！别找事！”

是她。我冲她笑了笑。她就站在我身边，却不肯看我，眼神涣散得像中了毒。

“快走吧。”她口齿不清地说，“这不是你来的地方，他们会吃了你。”

我站起身来正准备走，只听她咣当一声就跌到地上，周围的人自动空出一圈儿地给她，可当我伸出手准备把她从地上拉起来的时候，她倒好，直接拽着我的手哇哇大哭起来。

看她这阵势我算明白了，她是真的喝太多了。

因为我爸喝多了跟她这样子差不多。

我生拉硬拽把她弄到酒吧门口的台阶上。刚坐下来她就四肢张开仰在台阶上躺平了。我真是被她的“壮举”惊到了，见过随便的，还没见过这么随便的！

“我要回家我要回家我要回家我要回家！”在我低头拉她的时候，她嘴里就反复重复着这一句话。

她终于又站起身，摇摇晃晃跟着我往前走。我问她：“你家在哪里？”

“河南驻马店西平县……”

好长一串地址，详细到门牌号码。可是我总不能拖着她回河南吧。

“这是北京，你住在哪儿啊？”我哭笑不得。

“哦，对。我住在北京了。我住在对面。”

说完，她又倒下去，不肯再走一步了。

对面？我抬眼一看，对面只是一家小餐馆！没办法，我只好扶着她在墙根坐好。反正我也没地方去，有个人一起没地方去也挺好。

在我的上百次的离家出走中，露宿街头也不是一次两次了，但是有个伙伴还是头一回。

我一直没睡着，倒是她，靠着我的胸口睡得挺舒服。看星星看无聊了，我掏出手机想看看时间，却看到手机上有六十多个未接来电，干脆关了机。

可能是我动了动身体惊醒了她。她揉着眼睛问我："你是谁？"

"人贩子。"我没好气。

"那多卖点钱，分我一半。"说完，她又趴我身上继续睡。但没过一会儿她抬起头来，好像清醒了一些，看着我说："饿不？"

我点点头。

凌晨四点，她请我在街对面的小餐馆吃夜宵。我真的很饿，呼噜呼噜地吃了一大碗拉面。她问我："几天没吃了？"

"两三天吧。"我胡乱回答道。

"离家出走吧？"她笑着说，"我也玩过。"

我趁势问她："你能收留我几天吗？"

"不能。"她说，"我自身难保，没法同情你。"

"好吧。"我觉得她说的是实话，这总好过她在我面前装好人。

吃完面她付了账，迈出小餐馆的那一刻，她忽然转头问我：

“困不困？”

我拼命地点点头。

“跟我来吧。”她说，“就一晚，睡饱了你就滚回家去。”

我高兴得要命。

她家在半地下室的最里面，那里有很多住户，走道上摆放着锅碗瓢盆、煤气罐、自行车，无所不有。屋子里只有一张床垫子和一个塑料的衣柜，再多摆一把椅子都困难。里面有个卫生间，下水道反着一股一股的味儿，墙壁也潮得发了霉，唯一能透点光的半个窗户还让她用报纸糊上好几层。

见我盯着窗户看，她一边甩掉鞋一边跟我说：“老有人在我睡觉的时候偷偷往里看，再说我夜里工作，白天睡觉，也不用那么亮。”

那晚，在陌生人的床上，我睡得很香，没做噩梦。我醒来的时候她已经走了，枕头上附着一张纸条：门关上就行，出小区右转有公交站，想去哪就去哪，还有能填饱肚子又美味的菜煎饼。

纸条下面有五块钱。

我还真的饿了，不过我并不是没有钱。吸取以前一分钱不带就离家出走的教训，我经常为自己储备出走资金。钱就装在我裤子里面的兜里，是我自己缝的，完全不会被我妈发现。每次我只要跟我妈说我需要钱买书，她就会相对大方地给我几十块钱，而我只要再管同学借几本课外书，过几天再还给他们，事情就搪塞过去了。

美味的煎饼我吃了，公交车站我也看见了，但是我没打算走。我躺在她的床上看着印着水印的天花板，觉得这就是我想要的生活，安安静静不吵不闹，即使简陋点也没什么，更何况我的那个家也没比这里豪华到哪儿去呀。

可能是精神过于放松了，我迷迷糊糊地又睡着了。隐隐约约听到有争吵的声音，还以为又是一个噩梦，那些声音好像就飘在我的头顶上一般，很不真实。

争吵声越来越大，终于吵醒了我。我跳下床，揭开报纸的一角往外看，那双熟悉的恨天高从我眼前踉跄而过，接着就是一双男人的皮鞋。两双鞋来来回回磕磕绊绊好几回。透过报纸的一小角我虽然看不完整，但是心里很清楚是那个男的在缠着她。

“我早说了我们不可能，你跟你老婆好好过，还来找我干吗？”她说。

而那男的就一直抱着她不肯撒手，从我这个角度正好能看到她痛苦的表情，真担心她会被那男人的一腔深情给活活憋死。

英雄救美，更待何时？我冲出屋子路过走廊的时候顺手抄起了一个拖把，一拖把就拍在那个老男人的屁股上。他可能是被我拍蒙了，看了我半天没吭声。

“滚啊！”我说，“别跟我抢人！她是我的！”

说罢，我一手拿着拖把一手抓起她的手快步往楼门口走，不等他反应过来，嘭的一声关上了防盗门。

她压低声音跟我说：“你听好了，老娘不是同性恋！”

老男人使劲敲着防盗门，不肯罢休。

我大声喊：“再敲，再敲把你的大肚照发微博上！让你同事你老婆你老板都知道，别以为我不知道你底细。”

此言一出，楼门外面顿时安静了。她扑哧一下笑了，喷了我一脸口水。

那晚我没被赶走，还和她相互交换了许多心事。她说她叫Vivi，自从到北京来卖酒就有了这个土气的洋名。她说她也不知道自己爱不爱这个男人，只是有时候在他家过夜睡在他怀里觉得安心，好像真的在北京有了个家一样。

可是我真的不明白，有个家有那么重要吗？如果她有的是我那样一个家，她会不会更加不快乐呢？

Vivi 剪着脚指甲，不停地唱着同一首歌：“跑过快红灯的路口，我们大笑着一起回头。不用刻意做些什么，两颗心就会漫出来快乐。想起来怎么像梦，小的美好，大的感动，是过了多少个秋冬，沦为下片的电影，只能重播怀旧……”

我问她：“什么歌？”

她想了一下回答我：“忘了。”

我住在 Vivi 这里的第六天，身上的钱也花得差不多了。我想挣钱养活自己。只有独立了，我才能真正地摆脱那个“家”。我告诉 Vivi 我也要跟她一起去卖酒，她用一副瞧不起我的表情看着我，说道：“就你？你会喝酒吗？”

我的做事宗旨是：没有会不会，只有敢不敢。

第一天“上班”无疑是失败的。在Vivi给我挡了无数次酒后，我还是喝了个烂醉，并且没有售出一张酒卡。我扶着那棵“常吐树”，吐了半天。然后我只记得我抱着Vivi一直哭一直哭，我不知道要哭多久才能把心里的委屈一并哭出来。我要的不多，我只想要一对理解我的父母。如果有来生我真的希望我能自己选择生在哪个家庭。但是我知道不管能不能选择，都没有来生。

醒来时我躺在Vivi的床上。怎么回来的，怎么脱掉衣服，怎么卸掉妆，我全都不记得了。Vivi递给我一碗粥，我很渴，呼噜呼噜喝掉大半碗。

“你想回家吗？”她问我。

我装作没听见。

“出来这么多天，你爸妈该急了吧？”

“你知道那种恨自己父母的感觉吗？”我问她。

Vivi还没来得及回答我，我爸妈就神不知鬼不觉地从天而降。门是被撞开的，我爸一上来就抡起胳膊给了我一个大嘴巴。

我妈却直接对Vivi动了手：“我告诉你，你个贱货！臭不要脸的，带坏我家女儿，我让你坐一辈子牢！”

门口过道里挤满了人，我妈的话扎得我内心生疼，更别说愣在原地的Vivi了。被我妈用力拽走的时候我一直回头，但她就那么站着，站在无数人异样的目光里。

尽管心里一千个一万个不愿意，但为了不给Vivi添麻烦，我只能顺从地跟着他们回家。

我爸一路上都在骂，骂 Vivi 是毒贩子，是妓女，是骗子，骂她带坏了我。我妈就坐在旁边哭，而我一直在祈求能出一场车祸，让我们同归于尽。

我妈看我精神不好，总觉得我吸了毒。我真是佩服她的想象力和执行力，因为接下来的一周，她每天拉着我去医院做尿检、血检，还有别的相关检查，煞有一副大义灭亲的阵势。但并不是每个医院都可以检查是否吸毒，这就意味着，每到一家医院咨询一次，我都要接受一次众人别有意味的眼光，都要再听一次我妈诬蔑我的话语。我没吸毒，更没卖淫。我说了无数次，但他们怎么都不信。我清楚，不毁了我他们绝不会善罢甘休。

检验结果出来了，我当然是没有吸毒，我也还是处女。让我不可置信也更加痛恨的是，我爸我妈对这个结果十分不满！我爸竟然真的报警抓了 Vivi，警察从酒吧把 Vivi 带走，还去她家搜查。当然，除了一盒避孕套和一身我的脏校服外，他们一无所获。

我被带到公安局做笔录。

看着我爸煞有介事地作为监护人站在一旁，我失控了，当着众人的面我哭着说如果他不是我爸，我真想杀了他！一刀一刀捅死他！他被我气得浑身颤抖。我妈上来拉我，我一把把她推倒在地，骂她婊子，让她滚！

我哭喊累了瘫软在地上，我知道我的话刺痛他们了，但这就是我要的，看到他们痛苦我才觉得我还活着！我从没这么绝望，这么无助过。我知道我失去 Vivi 了，我唯一的朋友，唯一可以信任的人，胜过家人的人。

从公安局出来的时候，我看到 Vivi 了，我想跑过去跟她说声对不起，可是我爸死命地拽着我不放手。我哭着大声叫她的名字，可她已经上了一辆出租车绝尘而去。

被关了三天之后，我主动提出想上学，他们的脸上先是浮现出惊喜，瞬间又转为担忧了。

我爸送我到学校门口，一直看着我进了教学楼，又站了好一会儿才转身离开。他转身的那一刻我真的难受极了。为他，还是为我自己？我说不清楚，看他走远了，我立刻飞快地跑出学校。

我敲开门的时候 Vivi 还没睡醒，我站在那儿不知道说什么好，只知道反复道歉。

“没事的，我不是好好的嘛，照样上班，照吃照喝。”她摸摸我的头发安慰我。

我鼓足勇气问她我们还是不是朋友。

“当然是啊。”她说。

我下定决心告诉她我要和父母决裂，和她一起卖酒、一起生活。她又笑了，拖我坐到床边说道：“知道吗？小爱，我很羡慕你。”

“为什么？”我不解。

“因为你父母为了你可以跟任何人拼命。”她说，“可能他们的行为是有点过激，但至少他们的初衷都是为你好。小爱，回家去，没有比家更温暖的地方。”

“那你为什么不回家？”我反问她。

“如果我可以，我一定会回去。”Vivi说，“我父母都是农村人，没什么文化。十六岁的时候，我怀孕了，那男的刚从大学毕业，他说过要娶我的，我也相信他。但我爸妈非要管人家要钱，不给就向村主任告他。他刚工作，哪来的钱啊，好不容易凑齐了五千块送到我家，但是我爸妈不满意，把他赶走了。他们把我关在家，不让出门，让我好好保护肚子里的孩子，说是要留着证据，以免他不认账。我们那儿就那么大点地方，没几天消息就传出去了，那男的就给抓起来了，强奸罪。那时候孩子都五个多月了，引产的时候，痛得我死去活来。我特想死特绝望，孩子没了，爱的人进监狱了。你说，我是不是应该恨死我父母才对？”

“嗯！你就因为这件事离家出走来北京了？”

“我爸妈受不了别人说三道四的，给了我两千块钱让我自己出去闯。说是闯，其实就是把我赶出来了呗，那时候也就才做完手术半个月。风一吹，站都站不稳。”

“这么说，那个家，你是永远都不想回去了？”我问。

“小爱，我说了可能你不相信，我现在特别想回家。听说我爸胃病又犯了，正在住院，我忍不住想哭。挣的钱我都寄家里了。我每天喝那么多，因为我喝的那些男的也得买单，他们一买单我就有钱拿，我就想着多挣钱，要不就当大明星，这样我父母就不会因为我抬不起头来了。”

“为什么，你真的一点不恨你父母吗？”

“恨啊！出来之后恨了好久，但是恨有什么用，浪费时间和精力。到头来，他们还是你的父母。你身上流着他们的血，血连着根，这是改变不了的事实。其实你要是愿意去想，也一定能想到他们对你好的地方。他们对你这样，也是怕你吃亏，不是要把你往死里整。我早就看穿你了，跟我一样，又臭又硬，像块石头，但心却是软的，没法活得像我们想象中那样无牵无挂。”

回家的路上，我按 Vivi 说的努力去想那些爸妈“对我好的地方”。我妈喜欢用钱逼我做我不喜欢做的事，比如每写一篇读书笔记就奖励一百元，听写单词满分就奖励五十元；我爸每天都往我的书包里放一个头一天卖不出去的老酸奶，嘱咐我别穿奇装异服别感冒。

不知道这些算不算。

回到家的时候，只有我弟弟在。老师给我爸打电话说我并没有去上学，我爸我妈已经出去找我半天了，还没回来。弟弟走过来拽着我的袖口说：“姐姐，我饿了……”

我去厨房给他热了两个茶叶蛋，他坐在小凳子上，吃得很香。

我终于知道了 Vivi 爱唱的那首歌叫什么名字，戴上耳机，单曲循环：

我们是两颗会痛的石头

猛烈冲撞后裂了缝

永远都不会懂

什么叫认错

还想爱

却调头放手

心疼你是颗会痛的石头

想要抱住你却混乱沉默

倔强的表情里

闪过了失落

你的泪

让我痛

是否我真的要像 Vivi 一样，经历很多，才真正懂得爱呢？

但是，谢谢你，Vivi。至少你让我懂得，原来石头真的会痛。

你说得对，或许只有真正痛过的心，才会懂得珍惜。

雪漫印象

夏令营第一天，未见其人先闻其名的营员就是小爱。还未开营她就在QQ群中说自己抽烟、打架，和她同屋的姑娘很害怕，我们最终安排了工作人员和小爱同住一间屋。

当晚我们去查房，在过道里就能听到屋子里吵闹声很大。我推门进去，看见几个女孩窝在一张床上又闹又笑，小爱也在其中。她笑得那样灿烂，和大家并无隔阂，反而亲密无间。

小爱是这届营员里年纪最小的一个，却是个头最高的一个。她站在我面前，我说她高，她就故意蹲下一点点，问我："你现在好不好过点？"

我伸手打她，她也不躲，而是眼睛亮闪闪地看着我说："你的鞋好好看。"

和小爱聊天的时候，我问她："为什么在群里说那些不该说的话？”

她说："我本来不想来的，我就想吓唬吓唬你们，也许你们就不会让我来了。"

我又问她："那你来了以后后悔了吗？"

她说："没有，幸亏来了，我这还是第一次名正言顺地离开家呢。"

我翻出小爱的报名信，才发现写这封信的人是她妈妈。在信里，她妈妈把小爱形容得特别不听话，难管，并说在电视上看到我们夏令营的有关报道，希望我们能替她"拯救女儿"。

跟小爱短短接触后，我们就知道"拯救"这个词确实有点过了。其实抽烟、喝酒、吸毒这些事情，都是小爱编出来吓唬别人的，而来参加夏令营也只是为了逃避那个家，想赚她妈承诺只要参加完夏令营就给她的一千元。说完这个，她还得意地给我展示了她已经拿到手的五百元定金。

"你觉得你坏吗？"我问她。

她摇摇头告诉我，她实在受不了整天争吵的父母，受不了她妈无孔不入的监视，受不了她爸对她的过度关心，所以她才会跑到酒吧这种地方躲避。小爱说："但是我心里非常清楚，什么是该做的，什么是不该做的。我有时候故意撒谎，把自己装成很坏的样子，没别的，就是为了气我妈。"

"那你有没有想过其实你妈妈也挺不容易的。"我问她。

"我不同情她，她都是自找的。"说这话的时候，她的眼里总有泪水在闪烁。我能感觉到她的言不由衷，却找不到可以帮她解决问题的办法。

毕竟她只有十三岁。

不能否认的是，一个温暖的家，对这个年龄的孩子来讲是多么重要。

整个夏令营的过程中，小爱都在打电话跟妈妈吵架，吵急了，就不再接电话。然后她妈妈就会给工作人员打电话，工作人员跟她妈妈讲："小爱很好，没有任何事。"

她妈妈会说："你们骗我。"

小爱觉得母亲的行为很丢人，她告诉所有的人，闭营后她会选择永远地离开家，一个人到外面去流浪。

闭营仪式上，我动用了所有孩子的力量来劝说小爱回家，告诉她家对一个孩子的重要性，希望她能学会在自己不喜欢的环境里生存下去。大家都在为小爱支着招儿，一开始小爱只是坐在那里一句话也不说，但是随着营员们越来越多的安慰，小爱终于哭了出来。整个夏令营期间，别的孩子都来回哭无数次了，这还是我第一次见到小爱的眼泪。她说她不痛，是因为她已经习惯；她说无所谓，是因为她已经绝望。

但只要给她一点点温暖，她就不再是那一块拒绝融化的冰。

小爱最终愿意跟着妈妈回家了。我刚松一口气，就听说小爱刚到家就和妈妈大吵了一架，又离家出走了。我请了很多营员联系她，也没能找到。没过多久，我收到了她妈妈的一封来信，信的意思就是：夏令营没有改变我的女儿，我恨你们。

我没有做任何解释。我知道这是一个母亲的爱，恨铁不成钢，只能怪东怪西。我并不在意小爱的母亲怪我，我只是很担心小爱，我不知道她好不好，会不会做傻事。尽管她一再跟我保证会保护好自己，但是我无法忘记，她只有十三岁。

我想对小爱说的是——生活就是这样，你想象不到自己会出生在什么样的家庭，会有怎样的父母，能够拥有什么样的未来。你唯一能够做到的就是让自己强大起来对抗这个并不怎么美好的世界，但对抗的方式绝不是极端的。每个人都有自己的痛苦，不管如何，我们都不能拒绝成长，更不能因为任性就让自己的成长变得危机重重。

我答应过小爱，会去她美丽的家乡看望她。记得我这么说的时候，她的脸上立刻就笑开了花。一面笑一面在我面前蹲下来，友好地藏住自己的高个子。

亲爱的，我一直都没有忘记我的诺言，当我们再见的时候，我相信一定能看到一个完全不一样的你。

◉ 小爱

后来

从夏令营回来后，我没听雪漫姐的话，还是开口管我妈要了另一半“奖励资金”。

没什么的，我就是觉得不能便宜了我妈。她答应过的事，就要兑现。

当跑到 Vivi 家找她的时候，发现那里已经搬空了。房间还没有租出去，空荡荡的，什么都不剩，要不是窗户上贴着的报纸在提醒着我她存在过的真实性，我几乎要觉得那几天只不过是我做的一场梦。

我赶紧拨她的手机，停机。

她说过要跟我做朋友，可是，她没有留下一句话，没有透露一点信息，就这么走了，悄无声息，好像从来都不认识我。我气愤，更难过，我跑到酒吧去找她，每个包间都翻了个底朝天。没有！什么都没有！我觉得我自己被抛弃了！

我又开始恨我爸妈了。要不是他们，我怎么可能总是这样一无所有！

我又一次离家出走，买了张去上海的火车票，我想离开北京，离开他们，像 Vivi 一样自己闯！在动车上的几个小时，可能是知道我不会接电话，我妈不停地给我发短信，我一条都没有回。

我跟着人群一起挤进地铁，在徐家汇下了车。我还没有一个人来过这么远的地方，虽然车里的人挤得我冒汗，但我还是感到前所未有的自由。

从徐家汇的地铁口出来，我一下子有点蒙。今晚我要住在哪里呢？明天呢？钱花完了呢？我要去哪里找工作？在上海谁会雇用我这个只有十三岁的小孩呢？上海跟北京一样繁华，也一样没有我的容身之地。

我漫无目的地走在港汇广场，那里乌泱泱的一大堆人，我走近了看热闹，原来是有人在这里拍电影。我挤到最前面看到那个女明星笑得很矫情，我看不出她哪一点比 Vivi 强。我又拨了她的手机，还是停机。

我一边哭一边走，我真的永远地失去她了。

在上海漂了三天之后，我还是回北京了。因为我妈发了很多短信求我，说她爱我。她还说这几天在给我找学校，说我只要初中毕业，就送我去学影视化妆。我很惊讶，我妈竟然也会留心和在意我的喜好。其实我学什么都无所谓，就是想学一门技术，或者说手艺，这样我才能独立，在独立之后才能彻底地离开这个家。

回家后我才知道，我爸居然出去上班了，工作是我舅舅给他介绍的，在京郊的一所私立学校看大门。他搬出了小卖部，每周回来一次，酒也喝得没有以前那么多了。家里少了很多争吵声，但是我妈闲坐在小卖部里的时候却显得有点无聊。上周我爸回来，竟然塞给我一百块钱，还给我弟弟买了玩具。

这是我第一次从我爸手里拿钱，虽然感觉很怪异，但是我在想，这一切是不是就快要往好的方向发展了呢……

有人告诉过我，蛰伏是个过程，我想我迟早会醒来。当我醒来的时候，我就会忘记我沉睡时的样子了吧。

附录

编辑手记

&

试读者手记

我比想象中爱你

文 / 若琳

赶在一九八〇年代的末尾，我出生在南方沿海小城，在那里安稳度过了人生的前十七年，然后出国留学。从小到大我都是老师、家长、同学眼中的乖乖牌女生，永远遵循教导，永远拥有最正面的积极乐观形象。

我一直活在一个被保护得完好无缺的世界里，相信坚强的心，相信只要努力每个人的未来都不是梦。我做过最叛逆的事，除了在初中时候偷偷暗恋过一个男生，大概就是大学毕业时候突发奇想要回国选择 Gap Year（间隔年）吧。

我从来没有觉得自己的人生有太多残缺和遗憾的东西，也很少跟别人谈论自己心中的痛苦和不快乐，因为我一直觉得那是每个人都必须各自承担的。诉苦代表软弱。直到作为跟营编辑参加了夏令营，被迫面对一群带着感伤故事、破碎青春来到北京的女孩时，我忽然发现这世上真实存在这样一个群体——她们彷徨、无助，她们明媚、锋利。

我却不知道如何与她们相处。

由于其他的工作安排，我并没有第一时间就参与跟营活动，夏令营期间真正和她们相处的时间也非常有限。好多次，站在她们身后看她们笑笑闹闹，我会忽然感叹自己已经青春不再，好像怎么也无法融入她们；好多次，看到她们毫不掩饰地快乐或伤心，我会忽然发现她们值得最真诚的对待，但我已经分不清自己是否还戴着现实给我的面具；好多次，听到她们说起各自痛苦的往事、出格的经历，我又会忽然觉得与她们相比，我的人生苍白得多，好像"不够资历"给她们任何帮助。

我与她们实在太过不同，这样彻头彻尾的不同让我觉得自己甚至没有办法面对她们。她们轻描淡写说起的事，在我看来是这样叫我惊恐；当她们落下眼泪的时候，我无法感同身受，只觉得心头揪得紧紧的，却说不出一点安慰的话；一起玩树洞游戏的时候，我绞尽脑汁也想不到自己有任何私密的事；在她们崩溃失控的同时，我只深深感觉到自己的冷血无情。

在她们面前，这样的我显得笨拙僵硬。我讨厌这样的自己。

直到夏令营结束，我也还是没记全所有人的名字，之后也几乎没再和她们有过更进一步的联系。

之后的好几个月，我一直忙着做不同的书，几乎是无暇顾及这本《蛰伏》。雪漫拖稿是家常便饭，但唯独这一本，我从来也没有特别催过她。有一段时间她甚至动了不写这一本的念头，也许那时候我潜意识里也是希望这本书不要做的吧。毕竟，我对自己操作这本书这件事实在是太没有把握了。我不知道一个不熟悉这个群体、几乎不能感同身受的人如何能够做好这样一本书，又如何能够把最温暖的安慰传达给每一个参与过的人和每一个看书的人。

事实也的确证明了这一点。这本书的出版计划启动以后，我就一直不在状态。整理素材、审改稿件都没感觉到了极点，加上手头其他工作的压力，我一度觉得自己根本不可能把这本书做好。有十天左右的时间，我们整个编辑小组加上雪漫，都是过着下班后开会讨论，讨论完回家熬夜继续整理素材和稿件，第二天白天雪漫改稿子，下班后继续开会讨论的生活。连续几天，在已经三月却还是冷冰冰的北京夜里，我窝在被窝里，改稿子改到不知不觉趴在电脑旁边睡过去。

我的疲劳和倦怠日益加剧，终于有一天，我趁吃午饭的时候跟雪漫坦白了自己的心情。我告诉她我理解不了那些女孩的生活，也感受不了她们的痛苦。我一直跟她们那么疏离，我现在没办法理直气壮地把我自己的想法表达在书里。我也许根本不能给她们带去任何正面的力量。雪漫说："我写稿的时候一直在翻那些姑娘写的营员日记。好多人都在里面提到了你，有人提到你朝她微笑了一下，有人说你在她睡前替她关了灯。其实她们记得你跟她们说过的每一句话，甚至你做过的某个小动作。"

我连忙坐到电脑前，打开了那些日记。

我从来没想过会有任何人记得我曾有过的这些小细节，更没想到的是这群小姑娘用她们自己的方式做了最好的记录。或许，她们才是真正毫无保留地投入到这个总叫人失望的世界，并且真诚地期待着每一份友好的回馈。

就像在798的那个下午，她们中的一些人自然地站到我身边，和我亲昵地合照；就像在我偶尔巡夜的那几个晚上，她们总喜欢把我留住叽叽喳喳地跟我说话；就像在无数次我们短暂的相处中，她们八卦我的感情生活，她们跟我闲聊，还有她们珍贵又泛滥的眼泪。

这世界上会有许许多多我们没见过的人，没办法体会的生活，没机会拯救的往事，但也会有很多简单直接而美好的表达，这些表达本身就带来安慰。

哪怕是两个极端不合的人，也一定有可以彼此温暖的时刻。

比如彼时的我之于她们，比如此刻的她们之于我。

我忽然想起，我为这本书取名为“蛰伏”的那个早晨。那是2012年7月初的北京清晨，阴天，街头喧闹。我穿过马路去上班，耳机里在播哪首歌已经记不清。当时刚刚工作一个多月的我，对工作有着无比的热情，几乎无时无刻不在思考任何与工作有关的事。那时候的我对夏令营的营员、行程、辛苦难易程度一无所知，只是想找到一个合适的名字。

“蛰伏”，这个词就这样突然地出现在我的脑海里，我直觉地认定这是最好的名字。这其实也是我想象当中的参加夏令营的姑娘们的状态——一切痛苦和迷惘，都是因为你们还在阴霾中沉睡，然而不论曾经走过怎样孤独的时光，不论过去经历了怎样荒唐的岁月，你们都值得拥有春暖花开的日子。

2012 世界末日终究没有来，但女孩们，相信苏醒已经不远。

只要拥有爱和勇气，下一次再睁眼，一定是春天近在眼前。

而在春天到来之前，请让我轻轻地说一声抱歉。

亲爱的姑娘，原谅我到现在才发现——我比想象中爱你。

原来我们都一样

文 / 熠然

这是我第一次在电脑上看雪漫姐的书。

我有太多废话要说，太多故事要讲，我恨不能把我所有的“错”一股脑儿倒给你们，但是篇幅有限，我着实不知道从哪句话开始才能一针见血地道出我所有的思绪。

我并没有接触过这七个故事的“主人”。我才刚刚来到凤凰雪漫一周，但就在这一周，我读了你们的故事，也回忆了自己整个初、高中时光。

看着你们的故事，一度失语，难过得不想说话。每当读到和父母有关的内容，我就会忍不住掉眼泪。他们的“不理解”伤害过我，我也用我的“伤口”伤害过他们。现在想想，所谓伤害，只是父母以他们的方式“爱我”，而我是“自私”。

我心疼你们，是因为我知道有一天你们会后悔，后悔自己对父母“恶语相加”，而这后悔会在你心里永远结痂。

我父亲和《装在套子里的女孩》里小飞的爸爸很像，而且他年轻的时候更加暴躁。他也曾经戏剧性地把我的门换成一扇玻璃门，并且没有门锁。

在我的印象中，他也从来没有夸奖过我，到现在我都没能忘记他当着所有亲戚的面对我说的那句话，靠小聪明你活不久，只会让大家觉得你下作。十三岁，我还没有足够强壮的心脏承受“下作”这个词。他瞪圆了眼睛，唾沫横飞，这个片段固定在我的脑子里很多年。我用很长一段时间都没想明白，他怎么会把“下作”这个词用在自己女儿的身上。至今想起，内心还是隐隐作痛。

那时候我一度认为我爸不爱我。不管在别人眼里我多优秀，在他眼里我一直只是投机取巧张牙舞爪的小丑。他总能找到理由在“外人”面前骂我，当我死盯着他表示反抗的时候，他竟然当众抬起手扇了我一耳光。我经常哭得撕心裂肺，我也曾吼出那句“如果你不是我爸，我就一刀一刀捅死你”。

作为“好学生”，我早恋了，和我们学校最抢手的“坏男生”。不夸张地讲，初、高中部几乎所有女生都在迷恋他。他成绩很差，皮肤很黑，篮球打得很棒，校服穿不整齐，笑容却很好看。每当他在操场上打球的时候，真的就会有白痴的女生伏在楼道的窗户上尖叫。有的买了水，站在一旁等着递给他。有没有发现，第一次我们爱上的其实很相似。我喜欢他，是因为他从来没接过那些水，但还是会微笑点头说一句谢谢。

每个课间午休他都会来找我，我们坐在实验楼最顶层的楼梯间，讲笑话，或者拥抱。那个位置很隐蔽，没有人会来。可是，后来我靠在他胸口的时候，被一个女校长抓个正着。我们都知道是有人告密。他被轻松放走，而我被留在校长室写检查。

我没的反思，只能乱写。

校长把我写的那一行半字递给我妈，我发誓我看到她在忍着笑。如我所料，她并没有大发雷霆，意料之外的是她保留了这张纸。

她说："等你后悔的时候还给你。"

高一下半年，我被甩了。

我曾经坚定地认为，他就是这世上最爱我最宠我的人。我们会天荒地老，我对他说的每一个字深信不疑。于是从被甩那天开始，我就扔掉了所有的自尊和骨气，每天哀求。当有人"告密"看到他坐在楼梯口拉着别的女生的手的时候，我毫不犹豫翘了那天的会考，打车到他学校门口。

致命的是，那女孩坐在门口叼着烟，用手捋着厚厚直直的齐刘海，斜着眼睛看着我。她非常漂亮，像蔡依林。现在我也还是这么认为。而我，三天没吃饭没睡觉，来时匆忙地从超市买了一根美宝莲眼线笔，第一次哆哆嗦嗦地画了眼线。

当我如愿见到他时，他只是看着我，满眼同情，不发一语。反而是他的朋友，指指自己的脸对我说："你眼睛底下有点黑。"我用手一抹，蹭到手上黑了一大片。

我没有回家，绕着后海走了好几圈。那时候后海没有那么多酒吧，有的只是我"炽烈爱情"的惨痛回忆。我爸不停地给我打电话，我知道东窗事发，但我真的没有力气应对谩骂。我站在河沿上闭着眼睛，想象自己纵身一跃以结束一切痛苦和恐惧，但转念又想到自己刚刚拿了深水合格证。就在那时，我听到我爸在喊我，我气若游丝，怀疑自己是不是幻听。当我确确实实看到我爸骑在我的小自行车上，有些滑稽地出现在我面前的时候，我害怕得直干呕。我吐了，只有酸苦的胃液。

没有我想象中的爆发，他只说了句上车。

我坐在车后面，紧张得手都不知道要放在哪里，只能一直抠着车座子下面的弹簧。我能听到他偶尔吸鼻涕的声音。我猜他哭了。

我忽然想起小时候他送我上幼儿园，我坐在他的“大 28”前杠上，每次过马路的时候我都很害怕，他就会说：“闭上眼就不怕了，爸爸不可能让你受到伤害。”我发现我早就忘记了这句话，而“害怕就闭上眼”却一直是我的习惯。

当晚，我妈一边哭，一边要求我吃东西，可我闻到味道已经很想吐了。我爸半天没吭声，突然说了句：“好了，洗澡睡觉。”

自我有记忆开始，从来没有和我妈睡过一张床。我是个“触碰恐惧症”，有人碰到我会很不自在。印象中我妈我爸也没有拥抱过我，或者亲我。但那天晚上，我妈挤到我的床上抱着我，还时不时亲亲我的脑门。

第二天醒来，我看到手机上有一条短信：我最爱的女儿，受伤了要知道回家。

我从来没见过这样的句式，哭得一塌糊涂。

在那个年纪，爱上一个人本身不是错，错的只是不能走近。因为当一切破灭之后我们必定受伤。而之后我们的“心智不全”会让我们再做出很多错误的决定，错到无以复加。我休学了一年，我爸还是会因为我的软弱唉声叹气，摔门而去。

十年了，我也只有这一段恋情，只不过，再提起，不是掉泪，而是微笑。

从这本书的每一篇故事中我都能看到自己的过去，叛逆甚至有些疯狂。我开始恍惚，不知不觉中自己已经二十四岁，而那些过往好像就发生在昨天。我才发现，成长的确需要时间，但更需要一个契机，一件事，一个“跟头”，或者一次“痛彻心扉”，“长大”其实也就在一夜之间。

看完这些故事之后几天，我辗转找到我高二班主任的电话。她是我最感激，也是一度最无颜面对的人。没说什么，只是表示感谢，感谢她在所有老师的反对声中依然那么挺我，感谢她不厌其烦地跟我说了那么多现在我才能真正明白的话。

她说："丫头，不用谢我，我也没你说的那么伟大，只是不想让你跟我一样走那么多弯路，吃那么多苦。"

是的，青春不就是如此吗？疯过、痛过之后收拾心情，然后在这悲喜交集的路上一往无前，始终坚信路的尽头一定会有礼物。

亲爱的女孩，原来我们都一样。

饶雪漫

作家、编剧

十四岁开始写作，著有六十余部作品，有“文字女巫”之称，是当之无愧的青春文学领军人物，作品多次登上全国畅销书榜。

代表作：

《左耳》《沙漏》《离歌》《雀斑》《那些女生该懂的事》等

扫一扫，

分享你的读书心得，看看同爱这本书的人都在聊什么。

关注“果麦麦的好书博物馆”，每天推送一本好书，

90 秒体验阅读快感，看编辑大大各显神通，

为你定制专属书单。

蛰伏

产品经理｜袁舒舒　　技术编辑｜朱君君

书籍设计｜付诗意　　责任印制｜刘　淼

出 品 人｜吴　畏

图书在版编目（CIP）数据

蛰伏 / 饶雪漫著 . — 济南 ： 山东文艺出版社，
2019.8

ISBN 978-7-5329-5866-5

Ⅰ . ①蛰… Ⅱ . ①饶… Ⅲ . ①短篇小说—小说集—中国—当代 Ⅳ . ① I247.7

中国版本图书馆 CIP 数据核字（2019）第 104370 号

蛰伏

饶雪漫 作品

主管单位 山东出版传媒股份有限公司
出版发行 山东文艺出版社
社　　址 山东省济南市英雄山路 189 号
邮　　编 250002
网　　址 www.sdwypress.com

读者服务 0531-82098776（总编室）
　　　　　0531-82098775（市场营销部）
电子邮箱 sdwy@sdpress.com.cn

印　　刷 天津丰富彩艺印刷有限公司
开　　本 880mm×1230mm　1/32
印　　张 6.75
印　　数 1 ～ 9,000
字　　数 133 千
版　　次 2019 年 8 月第 1 版
印　　次 2019 年 8 月第 1 次印刷
书　　号 ISBN 978-7-5329-5866-5
定　　价 39.80 元